KB150658

오롯이, 사랑만

오롯이,
사랑만

초판 1쇄 인쇄_ 2022년 02월 10일 | **초판 1쇄 발행_** 2022년 02월 15일
지은이_새본리중학교 책쓰기반 류현서 이고원 조서현 최혜연 | **엮은이_**문다정
펴낸이_진성옥 외 1인 | **펴낸곳_**꿈과희망 | **디자인 • 편집_**박경주
주소_서울시 용산구 한강대로 76길 11-12 5층 501호
전화_02)2681-2832 | **팩스_**02)943-0935 | **출판등록_**제2016-000036호
E-mail_ jinsungok@empas.com
ISBN_979-11-6186-115-9 43810

오롯이,
사랑만

#십대가 사랑을 한다면

새본리중학교 책쓰기반
류현서 이고원 조서현 최혜연
문다정 엮음

꿈과희망

2020년 「반짝반짝 빛나는 너의 오늘을」이 정식 출판되고 함께 했던 아이들이 떠나며 뿌듯했지만 한편 두렵게 2021년의 봄을 기다렸습니다. 새로운 책쓰기반 아이들을 다시 만날 때 어떤 주제의 씨앗을 던져야 싱싱한 흙 같은 아이들에게서 좋은 싹이 올라올 수 있을까 고민하고 또 고민해야 했기 때문입니다. 아이들과 이런저런 이야기를 하다 툭 튀어나온 주제는 '사랑'이었습니다. 누구라도 한번쯤 아니 여러 번 만나게 될 '사랑'만큼 가슴 떨리는 단어가 또 있을까 싶기도 했습니다. 누구나 가슴속에 있는 그 단어 '사랑'은 과연 무엇인가를 고민해 본다면 의미 있는 한 해가 되리라 기대했습니다.

'사랑'의 사전적 정의는 어떤 사람이나 존재, 사물, 대상을 몹시 아끼고 귀중히 여기는 마음 또는 그런 일을 뜻합니다. 우리는 그 어떤 무엇을 아끼며 살고 있을까요? 아끼며 사는 그 존재를 찾는 것이 삶의 원동력이 되리라 생각했고 그리하여 책쓰기반 아이들에게 '사랑'을 물었습니다. 모든 미디어에서 자극적으로 떠들고 보여주는 남자와 여자의 가슴 떨리는 사랑의 순간만을 떠올릴 것이라고 지레짐작했습니다. 하지만 아이들은 사랑을 가족에서 동물, 환경, 사후세계에 이르기까지 넓게 고민하고 대답했습니다. 놀라운 고민의 순간들이 지나고 자신들이 생각하는 '사랑'에 대해 용기 낸 글을 한 땀 한 땀 책으로 엮어보았습니다. 사소해서 어떤 의미나 가치를 알지 못하고 지나쳐 갈 수 있었던 존재들을 붙잡고 찬찬히 써준 작은 것을 소중히 여기는 서현, 여름을 사랑하는 현서, 동물을 아끼는 혜연, 글쓰기와 사랑에 빠진 고원이 책쓰기반 모두 고맙고 대견스럽습니다.

사라진 것들과 그리고 사라질 것들의 사이에서 아이들이 쓴 '사랑'은 햇살을 받은 프리즘처럼 여러 빛깔과 여러 갈래로 빛을 나눠 보내리라 생각됩니다. 이 책을 읽은 당신에게도 이 빛이 닿아 다시 사랑으로 시작되리라 기대해 봅니다. 사랑의 순간은 민들레 씨앗처럼 가볍고 또 가벼워 잡히지 않고 스쳐 지나갈 때가 많지만 이 책을 읽었다면 그때를 쉬이 지나치시지 않을 것입니다.

모자람 없이 오롯이 사랑을 하고 사랑을 채워준 책쓰기반 아이들에게 다시 한번 고마움을 전하며.

지금 당신은 '사랑'을 하고 있나요?

봄볕이 따사로운 3월,
문다정 선생님이

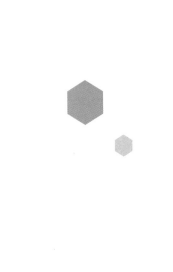

북극
부동산

조서현

작가소개

새본리중학교 2학년 조서현입니다.

저는 세상에 아주 작은 것도 소중한 존재라고 생각합니다. 넓은 바닥에서 나름의 삶을 살아가는 개미도, 아름답게 폈다 지는 꽃들도, 맑은 하늘에 떠다니는 포근한 구름도, 이 작지만 소중한 존재들을 오래도록 사랑하고 싶습니다.

'땅'

오늘도 어김없이 북극 안전 문자가 울렸다. 북극 마을 주민인 북극곰들은 북극 안전 문자를 보며 모두 같은 생각을 한다. "야 또 북극 안전 문자야, 이제 지긋지긋해 무섭지도 않다고.", "맞아, 오늘은 북극 슈퍼 쪽에 있는 빙산이 무너진대.", "거기 내가 자주 가서 놀던 곳인데 아쉽다."

이처럼 북극곰들은 북극 안전 문자를 더 이상 무서워하지 않는다. 10년 전만 해도 북극 문자 하나면 온 동네가 난리가 났었다. 하지만 이제는 자주 놀던 곳이 사라는 것에 대한 아쉬움밖에 없다.

다음날 북극 안전 문자가 또 울렸다. 북극 마을 주민인 북극곰들은 모두 같은 생각을 했다. 하지만 나에게 오늘 일은 꽤 심각한 일이었다.

'오늘 북극 마을의 기온이 평균보다 1℃ 이상 높아질 것으로 예상됩니다. 이로 인해 북극 마을 하얀로의 빙산 중 일부가 녹아내릴 것으로 추측됩니다. 하얀로에 사시는 북극곰들은 안전에 주의하시고 대피소로 이동해 주시기 바랍니다.'

평소처럼 문자를 지우려는 순간 나는 정신이 번쩍 들었다. 하얀로에는 내 친구 폴라가 살고 있다. 폴라는 나의 가장 친한 친구다. 폴라가 없었다면 나는 아직 친구 한 명 없는 외톨이에다 먹이 하나 잡아먹지 못하는 불쌍한 북극곰으로 살고 있을 것이다.

5년 전 나는 13살이었다. 13살이면 북극 초등학교 6학년일 나인데 부끄럼이 많아서 용기 내 인사 한번 해보지 못할 만큼 나는 할 줄 아는 게 없었다. 부모님은 사람들이 잘 찾지 않는 얼음 장사를 하며 어렵게 생계를 유지하시느라 늘 바빴다. 그래서 난 수영도 잘 배우지 못해 먹이도 잡아먹지 못했다. 고작 그런 이유로 나는 친구 한 명 없었다. 그저 지나가면서 나를 욕하고 피하는 친구들뿐이었다. 그러던 어느 날이었다. 그날도 나는 여전히 허우적대며 먹이를 사냥하고 있었다. 다른 친구들은 벌써 점심을 먹고 있었지만 내 능력은 그렇게 좋지 못했다. 하지만 나는 그날만큼은 친구들과 함께 점심을 먹고 싶었다. 왜냐하면 그날은 나의 13번째 생일이었기 때문이다. 나는 겨우 잡은 먹이 한 마리를 손에 쥔 채 평소 함께 놀고 싶었던 마운턴에게 큰 용기를 내보았다. 마운턴은 북극 마을 댄스 프로그램에서 댄스 신동으로 유명해졌다.

"나도 같이 점심 먹으면 안 될까?"

나는 빨갛게 달아오른 얼굴을 숨기며 용기 내 말했다. 그러자 마운턴은 내 눈을 뚫어지게 쳐다보며 이렇게 말했다.

"내가 왜? 넌 할 수 있는 것도 없으면서, 나는 춤도 잘 추고 사람들에게 부러움을 받는데 물고기 하나도 겨우 잡은 너랑 점심을 먹으면 내 가치가 떨어질 것 같아."

마운턴은 당연한 듯 새침하게 말했다. 그러고는 함께 점심을 먹고 있는 친구들과 눈을 맞추며 웃어댔다. 마운턴이 나에게 말한 말은 아직도 기억에 남을 만큼의 상처를 주었다.

그 틈 사이를 비집고 한 북극곰이 다가왔다. 그 북극곰은 나에게 물고기를 건네주며 말했다.

"나랑 같이 먹자."

그때 그 친구가 폴라였다. 그날에 폴라가 아니었다면 나는 그 말 한마디를 아직도 되새김질하고 있을지 모른다. 그날 이후 폴라는 나에게 수영도 가르쳐 주고 친구도 만들어 주었다. 어느새 나에게 폴라는 없어서는 안 될 존재가 되어 있었고 가족 같은 존재가 되었다. 어쩌면 내 가족보다 더 소중한지도 모른다. 내 부모님은 매일 얼음 장사를 한다고 나랑 놀아주지도 않았으니까.

그래서 나는 지금 더 걱정이 가득하다. 혹시 폴라가 다치거나 큰 사고가 나면 큰일이다. 그때 부모님이 급하게 뛰어왔다.

"릴! 너 지금 뭐 하고 있는 거야! 지금 당장 대피해야 해."

나는 약 5초 동안 생각에 잠겼다. '왜 나한테 대피를 하라고 하지? 지금 폴라가 위험한데' 그러다 번쩍 생각이 들었다. '아! 나도 하얀로에 살고 있지!' 폴라 걱정에 내가 하얀로에 산다는 걸 까맣게 잊고 있었다. 나는 황급히 집으로 가 내가 아끼는 물건들을 가지고 나왔다. 당연히 폴라와 함께했던 추억이 담긴 물건이었다. 우리 가족, 그리고 하얀로에 사는 주민들은 모두 대피소로 대피했다. 하얀로 주민들은 자신의 집이 무너지지 않기를 기도했다. 특히 우리 부모님은 더 간절하실 것이다. 매일 어렵게 얼음 장사를 하며 생계를 유지하던 부모님은 제대로 된 집 한 채를 가지는 게 소원이셨다. 그런데 요즘 들어 얼음이 계속 녹아서 얼음을 찾는 사람들이 많아졌다. 부모님은 물 들어올 때 노를 저으라며 밤새가며 얼음을 팔았다. 그렇게 어렵게 모은 돈으로 드디어 제대로 된 집 한 채 장만할 수 있었다. 그 집이 우리 부모님에게는 얼마나 소중한 집인지 모른다.

다음 날 아침, 날이 밝았다. 다들 본인의 집이 무사한지 안절부절 걱정이 많다. 그때 하얀로 대표가 마을을 다녀와서 말했다.

"다행히도 거의 모든 집이 멀쩡해요. 한 집만 빼고요. 안타깝지만 하얀로 13번지 주택이 열기에 의해 녹아내렸어요."

나는 기뻤다. 폴라가 살고 있는 하얀로 24번지가 무너지지 않았다는 안도감에 웃음이 절로 났다.

"엄마, 다행이야. 폴라네 집이 무너지지 않아서."

나는 고개를 돌려 가족들을 보았다. 하지만 엄마는 울음을 터트렸고 아빠는 울음을 꾹 참고 있었다. 나는 그제야 알게 되었다. 우리 집이 무너졌다는 것을.

운 없게 하필 우리 집만 무너졌다. 하얀로 마을 사람들은 안도의 한숨을 내쉬며 다음날 다시 자신의 집으로 돌아갔다. 폴라도 안타까운 얼굴로 나를 쳐다보며 인사했다. 하얀로 주민들이 모두 떠나간 뒤에도 우리 가족은 그곳에 가만히 있었다. 눈물을 삼키면서 그렇게 한동안 있던 엄마는 갑자기 벌떡 일어나더니 대피소를 뛰쳐나갔다. 나는 황급히 엄마를 뒤따라갔다. 엄마는 마을을 정신없이 돌아다니며 얼음벽에 붙어 있는 전단들을 하나하나 읽어보기 시작했다. 한참을 돌아다니다 엄마가 한 전단지 앞에 멈춰 섰다.

'북극 부동산, 싸고 괜찮은 집 찾아드려요!'

엄마는 황급히 전단지를 떼어 전화번호를 눌렀다.

"여보세요? 북극 부동산이죠? 저희가 하얀로에 사는 주민인데요. 우리 집이 녹아내려서 새로운 집을 구하려고 연락드려요. 여기가 싸고 좋은 집을 구해 준다던데 우리 집도 잘 부탁드려요."

엄마는 간절한 목소리로 구구절절 설명했다. 그리고는 친근한 아저씨의 목소리가 들려왔다. 옆에서 듣기로는 가능한 한 빨리 좋은 집을 찾아주겠다는 이야기를 한 것 같았다. 통화를 끝낸 엄마는 나를 보더니 말했다.

"우리 새집으로 이사 갈 거야. 여기가 소문으로 제일 집 잘 구해 준대."

애써 웃으면서 말하는 엄마의 눈가에 반짝거리는 눈물이 또르르 떨어졌다.

다음날 드디어 우리가 의뢰해놓은 북극 부동산에서 연락이 왔다.

'따르릉'

"안녕하세요. 북극 부동산입니다. 집이 녹아내리셔서 새집을 구하신다던 분 맞으시죠?"

전화기 너머로 친절한 북극곰 아저씨의 목소리가 들려왔다. 나도 모르게 전화기에서 들려오는 대화에 귀를 기울이고 있었다. "지금 북극 부동산으로 오세요. 저희가 봐둔 집이 몇 개 있어서요. 원하시는 집이 아닐 수도 있겠지만 최선을 다해서 찾았습니다."

우리는 북극 부동산에 도착했다. 간판이 눈에 띄게 컸다. 원래 북극 마을에 부동산이 하나밖에 없었다. 빙산이 이렇게 많이 녹아내리지 않아서 이사하는 일이 거의 없었다. 하지만 요즘은 자주 빙산들이 녹아내려서 부동산들이 하나둘 늘어나게 되었다. 그중 북극 부동산은 가장 처음으로 생긴 하나 있던 부동산이다. 그래서 그런지 조금 낡았다. 퀴퀴한 냄새도 나는 것 같았다. 나는 속으로 '부동산이 완전히 낡았잖아. 아무리 돈이 부족해도 이런 곳으로 와야 해?'라고 생각했다. 조금 철이 없는 말이긴 하지만 나는 저기 옆에 있는 깔끔한 부동산에 가고 싶었다. 그래도 부모님 말씀으로는 오래돼서 겉모습은 그렇지만 마을에서는 집을 잘 봐준다고 소문이 자자하다고 한다. 내가 한참 부동산을 둘러보고 있을 때 멜빵바지를 입은 북극곰 아저씨가 다가와 안타까운 얼굴로 말했다. 아마 아까 엄마에게 전화했던 친절한 북극곰 아저씨 같다.

"하얀로에 다시 이사 가시길 원하시는 거 같은데 하얀로에 다시 이사하셔도 그곳에 기온이 높아져서 얼음 땅이 별로 없어요. 굳이 간다고 해도 얇은 얼음덩어리라서 금방 녹아버릴 거예요. 안전한 다른 마을로 이사 가시는 게 좋을 거예요."

나는 그 말을 듣고 심장이 쿵 내려앉는 듯했다. 내가 다른 마을로 이사를 한다면 겨우겨우 어렵게 친해진 친구들과 헤어지고 그중에서도 내가 가장 좋아하는 친구인 폴라와 헤어지게 된다. 그건 상상만 해도 끔찍한 이야기다.

"그럼 어느 마을로 이사를 하면 좋을까요? 안 녹아내리고 좀 오래가는 마을은 없나요?"

엄마가 걱정스러운 얼굴로 말했다.

북극곰 아저씨가 다시 말을 하기 시작했다.

"아시잖아요. 요즘 환경오염 때문에 어디를 가도 10년 이내에 모두 녹게 되어 있습니다. 요즘 상황이 어떤지……. 우리 북극 부동산도 얼마나 오래갈지 모르겠어요. 땅은 계속 녹아내려서 없는데 사람들은 계속 새로운 집을 찾으니 말이에요. 차라리 일찍 집이 무너져서 다행이신 거예요. 저희도 이제 찾아줄 집도 별로 없거든요."

아저씨는 고개를 절레절레 저으며 말했다.

아저씨의 말을 들으니 차라리 다행인가? 라는 생각이 들기도 했다. 요즘 학교에서도 환경오염에 대해 많이 듣는다. 우리 담임 선생님은 신혼부부인데 아이를 낳지 않을 것이라고 10번은 넘게 말했다. 환경오염 때문에 우리가 언제까지 살아갈 수 있을지 모르기 때문이라고 한다. 내가 생각해도 그건 맞는 것 같다. 우리 집이 이렇게 녹아내릴 줄 몰랐는데 요즘 들어 계속 오는 북극 안전 문자에 익숙해지는 우리를 보니 무섭다는 생각이 들었다. 북극을 이렇게 만든 건 인간들이라고 들었다. 우리는 이렇게 힘들게 살고 있는데 인간들이 살고 있는 나라는 멀쩡한지 궁금하기도 하고 북극을 이렇게 만들어 놓았다고 생각하니 갑자기 화가 나기도 했다. 내가 한참 생각에 잠겨 있을 때 어느새 우리가 이사 갈 집이 정해져 있었다. 우리는 하얀로와 조금 떨어진 곳에 이사하기로 했다. 그래도 다행이다. 하얀로와 그렇게 멀지는 않다.

나와 엄마는 멜빵바지를 입은 북극곰 아저씨와 함께 그 집으로 가보았다. 나는 새집이 꽤 마음에 들었다. 먹이를 잡아먹기 좋게 집 앞에 바다가 있었다. 얼음도 꽤 단단한 거 같았다. 왠지 이곳에 있으면 꼭 오래도록 행복하게 살 수 있을 거라는 희망이 생기는 집이었다.

며칠 뒤에 드디어 이사 가는 날짜가 정해졌다. 나는 마지막으로 내가 살던 집을 보러 갔다. 처참하게 녹아내린 집이 우리 집이라는 걸 나는 믿을 수 없었다. 나도 모르게 눈물이 흘렀다. 우리 가족과 무엇보다 폴라와 함께한 추억이 한순간에 녹아내린 것 같았다. 하지만 이제 새집으로 이사를 한다는 생각에 눈물을 그칠 수 있었다. 더 이상 이사를 하는 일은 없었으면 좋겠다.

이제는 한 동네에서 볼 수 없는 폴라도 만나러 갔다. 폴라는 생각보다 덤덤한 얼굴이었다.

"릴, 왜 그렇게 슬퍼해? 우리 영원히 헤어지는 것도 아니잖아."

위로를 해줘서 정말 고마웠지만 슬퍼해 주기는커녕 표정 하나 변하지 않는 모습에 폴라가 조금 미웠다.

우리 가족은 새로운 보금자리로 이사를 했다. 집은 좁아지긴 했지만, 고개가 끄덕여지는 집이었다. 아빠와 함께 계단을 올라가 작은 방에 들어갔다.

"릴, 여기가 너의 방이야."

파란 벽지로 둘러싸인 방이 마음에 들었다. 나는 내 방으로 들어가 내가 챙겨온 물건들을 장식하기 시작했다.

'이 사진은 폴라랑 같이 놀이공원 갔을 때 찍은 거고…….'

새파란 벽지에 폴라와 함께한 사진을 한둘씩 붙이며 추억에 잠기다 보니 집이 무너진 후 생긴 슬픔이 하나둘 사라지고 있었다. 그때 안전 안내 문자가 울렸다.

'띠링'

'북극 마을 하얀로에 기온이 매우 높아 상당히 많은 빙하가 녹아 내릴 것으로 예상됩니다. 하얀로 주민들은 지금 대피소로 대피해 주시기 바랍니다.'

나는 다시 한번 읽어보았다.

'하얀로? 폴라는 아직 하얀로에 있는데'

폴라가 위험해진다는 생각에 나는 너무 겁이 났다. 고개를 들어 보니 폴라와 함께 있는 사진들이 붙여져 있었다. 나는 당장 폴라를 안전한 우리 집으로 데려와야겠다고 생각했다. 집 밖으로 나가자 아빠가 나를 따라 나왔다.

"어디 가니?"

"아빠 폴라를 우리 집에 데려와야 해요. 지금 하얀로에 빙산이 녹아내린대요. 아주 심하게요. 폴라가 다칠 수도 있어요."

아빠는 나를 말리기 시작했다.

"릴, 나도 하얀로가 녹아내린다는 거 알아. 폴라도 위험한 거 알고. 하지만 지금 상황은 너무 위험해. 우리 집처럼 한 집만 녹아내리는 게 아니라고. 폴라는 너 없이도 잘할 거야."

하지만 나는 아빠 말을 믿지 못했다.

"저는 무조건 가야 해요."

나를 황급히 말리는 말들이 희미하게 들렸다. 누가 나에게 말하는지 무슨 말을 하는지 기억나지 않을 만큼 아주 작게. 나는 오직 하얀로를 향해 달렸다. 어느새 아빠도 내 뒤를 따라오고 있었다. 하얀로에 도착하자 내가 알던 마을이 아니라는 사실을 깨달았다. 대부분은 집들은 녹아내리고 있었고 주민들은 허겁지겁 대피하고 있었다.

나는 폴라를 찾으러 녹아내리는 빙산을 달렸다. 아빠는 그런 나를 말리며 쫓아왔다. 그때 저 멀리서 폴라가 보였다.

"폴라!"

나는 크게 소리치며 폴라에게 다가갔다. 폴라는 나를 보며 퉁명스럽게 말했다.

"여긴 왜 왔어?"

생각보다 다른 폴라의 반응에 나는 당황했다.

"네가 혹시 위험할까 봐. 어서 우리 집으로 가자."

"내가 너희 집에 왜 가? 내가 어린 애도 아니고."

그러고는 대피소 안으로 들어가 버렸다. 폴라에게서 배신감이 처음으로 느껴졌다. 친구를 구하기 위해서 달려왔는데 그런 나를 무시하고 간 폴라가 낯설어 눈물이 났다. 그때 뒤에서 얼음이 갈라지는 소리가 들렸다. 화들짝 놀라 뒤를 돌아보자 아빠가 서 있는 얼음이 갈라지고 있었다. 아빠의 발에는 차가운 물이 스며들고 있었다.

그날 이후 하얀로는 우리의 추억으로 남아야 하는 장소가 되어버렸다. 아빠는 작은 부상으로 끝낼 수 있었지만, 폴라는 나에게 큰 부상으로 남았다. 하지만 너무 미워하진 않을 거다. 폴라에게 고마운 일이 더 많으니까. 지금껏 친구만 생각하며 내 가족을 돌아보지 못한 것 같아 미안하다. 북극 부동산은 더욱 바빠졌다. 하지만 좋은 일이 아닌 것은 확실하다. 북극 부동산이 바빠질수록 우리가 살 곳은 줄어든다는 이야기고 새집으로 이사하면서 느꼈던 희망이라는 단어가 희미해진다는 의미니까.

이 글을 쓰며 많은 생각이 들었던 것 같습니다. 큰 교훈이 있는 글은 아니었지만, 우리가 무심코 하는 행동들에 대해 다시 한번 생각할 수 있었습니다. 걷는 길마다 버려져 있는 많은 쓰레기를 보면 이보다 많은 쓰레기로 고통 받고 있을 동물들이 생각났고, 내 집을 볼 때마다 집이 무너진 북극곰들의 심정이 생각나 안타까웠습니다. 이런 일들이 내 글에만 있는 이야기가 아닌 실제로 일어나고 있는 일이라는 사실에 더욱 마음이 아팠습니다.

우리가 살고 있는 이 세상에 아름다운 자연이 없고 생명체가 없다면 우리의 삶에 어떤 의미가 있을까요? 아마 마음의 여유도 없는 삶을 살고 있을 겁니다. 우리가 자연과 비슷한 공원을 좋아하는 것도 우리는 자연을 사랑하고 있다는 것을 스스로 알고 있는 것 같습니다.

이 세상의 모든 생명들을 위해 조금씩 노력해 가야겠습니다.

언젠가는 부동산에 손님들이 줄어들도록.

소리의
계절

류현서

작가소개

중학교 2학년 류현서입니다.

저는 여름을 좋아합니다. 하지만 왜 여름을 좋아하냐는 질문에는 잘 대답하지

못했습니다. 제가 좋아하는 여름의 푸르름은 이상하게도 말로 표현하기가 어려

웠거든요. 얼버무려버린 마음들을 글에 담았습니다.

기억의 무게

"소리야. 우리 한국으로 돌아가야 할 것 같아. 그래도 괜찮을까?"

어느 날 엄마가 나에게 말했다.

엄마는 언제나 다정하게 내 의견을 묻는다. 그리고 그런 엄마의 물음은 쓸모가 없다. 질문에 대한 나의 대답은 엄마의 귀로 들어가기 전에 부서져 버리니까. 어쩌면 내 대답은 부서지지 않고 엄마의 귀에 닿았을지도 모른다. 다만 내가 그렇게 생각하는 까닭은, 대답이 되지 못하는 내 말이 엄마의 잘못도, 나의 잘못도 아니게. 부서져 버린 대답이 모든 잘못을 떠안게 하기 위함이다.

일은 언제나 엄마의 바람대로 이루어진다. 처음 이곳에 왔을 때도 마찬가지였는데 한국을 떠나 이곳에서 살게 된 것도 모두 엄마의 생각이었다.

처음 이곳에 왔던 나는 어땠을까. 마냥 좋지는 않았던 것 같은데. 과거의 나도 똑같은 나일 텐데, 기억하지 못하는 게 좀 이상했다. 엄마는 어릴 적 일을 기억하지 못하는 건 당연하다고 했지만, 과거의 기억이 날듯 말 듯할 때면 무척 혼란스러웠다. 내 기억이 실제 존재 했던 것인지 아닌지도 몰랐다. 사람은 기억의 무게를 지니고 산다. 앞으로 내 기억의 무게는 점점 늘어날 텐데 어릴 적 기억을 잊는 것은 오히려 좋은 일이 아닐까? 내가 짊어져야 할 무게가 줄어드는 거니까. 나는 종종 이런 상상에 빠진다.

말이 조금 샜다. 나는 지금 내가 무슨 말을 하고 있는지도 모를 만큼 혼란스럽다. 엄마의 'ㅡ 것 같아'는 거의 사실이라서. 그러니까, 내 의견과는 상관없이 한국으로 돌아간다는 이야기다.

*

내가 사는 이곳은 캐나다, 그중에서도 빅토리아다. 이곳에 처음 왔을 때는 빅토리아의 이름이 좋았다. 승리를 상징하는 느낌이었기 때문이다. (시간이 지나 알고 보니 빅토리아는 옛 영국 여왕의 이름을 딴 것이었다.) 그리고 지금은 이곳의 날씨가 좋다. 캐나다라고 하면 눈이 펑펑 오는 모습이 떠오를지도 모르지만 내가 사는 이곳은 캐나다에서 날씨가 가장 온화한 도시이다. 추운 날도 대부분 영하 1~3도 사이에 머물고 여름에는 28도 내외의 맑은 날씨를 볼 수 있다. 나는 이곳의 애매한 날씨가 좋았다. 여름, 겨울 고유의 성질 같은 건 있지만 은근하다. 나는 이곳의 날씨처럼 살고 싶은 사람이다. 이곳에 살면서 날씨처럼 사는 건 어떤 걸까 알아내려고 했는데. 아쉽고 섭섭하다. 내가 없는 사이에 누가 먼저 알아낼까 봐 조급하기까지 했다. 엄마는 날씨를 보고 그런 생각을 하는 건 너밖에 없을 테니 걱정하지 말라고 했다.

　사실 이건 한국에 가지 않기 위한 내 나름의 방어책이고, 캐나다에
남고자 하는 일종의 미련 같은 거였다. 방어책으로 썼다는 말에 날
씨에 대한 내 마음이 가식처럼 보일지도 모르지만, 나는 이곳의 날
씨를 진심으로 사랑했으며 이제는 날씨가 그걸 갚을 차례라고 생각
했다. 여하튼 엄마에게, 나는 캐나다에서 해내야 할 임무 같은 게 있
다고 말해야 했다. 어깨를 으쓱하고 능청스러운 표정을 지으며 '아
쉽지만, 한국행은 함께하지 못할 것 같네요.' 하고 말했어야 했다. 나
에게는 빅토리아의 평화를 깨고 굳이 한국으로 돌아갈 필요가 없었
기 때문이다. 엄마도 나에게 마땅한 이유를 이야기해 주지 않았다.
이유를 이야기해 주지 않는 엄마를 보고 나는 엄마의 향수병이 오랜
만에 도졌다고 생각했고, 이게 엄마의 향수병 같은 거라면 내 애원
으로 한국행은 취소될지도 모른다고 생각했다. 하지만 내 계획은 엄
마의 말 한마디로 무산되었다.

　　*

　엄마는 더는 내 응석을 들어줄 수 없다는 듯이 주먹을 꼭 쥐곤 탁
자를 가볍게 내리쳤다. 처음 보는 엄마의 단호한 모습이었다. 이대
로라면 나는 꾸중을 들을 것이 확실했다. 긴장한 표정으로 엄마를
바라보았다.
　"할머니. 할머니 때문에."
　내 예상을 비껴간 엄마의 한 마디였다.
　엄마가 한국에 돌아가야 한다고 한 이유는 그것이었다. 할머니. 할

머니는 처음부터 캐나다행을 반대하셨다. 한국 사람은 한국에서 살아야 한다고. 할머니의 마지막 소원이 내가 한국에 돌아오는 것이라고 했다. 정말 가기 싫었는데 할머니의 부탁이라고 하니 마음이 약해졌다. 이건 엄마의 필살기 같은 거다. 나에게 말하는 엄마의 눈이 너무 슬퍼 보여서 아무 말도 하지 못했다. 그때 깨달았다. 캐나다는 나뿐만 아니라 엄마에게도 삶의 터전이었다는 것을. 아쉬운 건 나뿐만이 아니었다는 말이다.

결국 한국에 가게 되었다. 일은 엄마의 바람대로 이루어졌다. 역시 내 생각이 맞았다. 엄마에게 내 의견은 그리 중요하지 않다. 엄마의 말 이후 우리의 한국행은 일사천리로 진행되었다.

비는 나를

비행기를 타고 12시간을 날아 한국에 도착했다. 창밖으로 보이는 모든 풍경이 새로웠다. 모든 일의 처음은 아름답고 어색하다. 어릴 적 한국에 살았다지만 벌써 10년도 전의 일이다. 새로 만난 한국은 마냥 낯설었다.

"소리야, 우리 이제 할머니 집에서 살 거야."

당황스럽다. 그 시골 할머니 집에서 산다고? 당장이라도 싫다고 소리치고 싶었지만, 그냥 고개를 끄덕였다. 한국에 들어온 마당에, 나 혼자 다시 돌아갈 수도 없는 노릇이었다.

우리는 캐나다의 집을 팔았다. 흔히 아는 것처럼 외국에서 동양인의 대우는 그리 좋지 않다. 엄마는 마트에서 캐셔로 일했다. 마트 캐셔 일을 하며 번 돈으로는 비행기를 타기 어려웠던 모양이다. 나는 그걸 눈치채고 엄마에게 먼저 이야기했다.

"엄마 우리 집 팔까? 그냥 한국에 가서 살아도 되잖아."

엄마는 놀란 눈으로 나를 바라보았다.

"정말? 그래도 되겠어?"

나는 덤덤한 표정으로 고개를 끄덕였다.

*

한국에서 살자는 말이 할머니 집에서 살자는 뜻은 아니었는데. 내가 한 말이라 누군가를 탓할 수도 없었다. 누군가를 탓할 수 없는 사실이 괴로웠다. 할머니 집 말고는 도망갈 곳도 없다는 것이 더 괴로웠다. 나는 착한 사람처럼 행동했다. 엄마에게 언젠가, 나는 착한 사람이 아니라고 말하려 했는데 이번은 아니었다. 내가 보는 엄마는 너무 약해서 내 말 한마디로도 휘청일 것 같아서 그랬나 보다.

우리 할머니 집은 창녕에 있다. 시골 중의 시골이다. 읍내에서 차를 타고 20분은 더 들어가야 할머니 동네가 나온다. 마을에 3가구가 살까 말까 한 조용한 동네였으나 5년 전부터, 작은 동네에 다문화 가정이 들어와 살며 마을은 시끌벅적해졌다.

오랜만에 온 할머니 집은 영화 속 한 장면 같았다. 영어를 쓰는 캐나다에 가서도 나는 한글을 공부했는데, 이것도 한국 사람이라면 한

글을 써야 한다는 할머니의 의견이었다. 나는 주로 고전 소설들로 한글을 공부했다. 한글로 쓰인 글에서만 느낄 수 있는 특유의 감정들이 나의 마음을 간지럽혔다. 차를 대고, 마을로 들어가는 개울의 돌다리를 건너 할머니 집으로 향했다. 할머니 집은 희미한 내 기억 속의 그 모습 그대로였다. 내 양심이 만들어낸 기억인지 아니면 정말 나의 기억인지는 알 수 없지만, 내 머릿속에는 희미한 집의 모습이 그려졌다.

할머니 집 낡은 대문을 끼꼉거리며 열었다. 대문이 오래되어서 그런지 한번 여닫기도 쉽지 않았다. 엄마와 할머니 집에 들어서자 이모가 뛰어나왔다.

"Hi Sori! Welcome!"

이모가 서투른 영어로 나에게 말을 건넸다.

"Thank you. 근데 이모 나 한국말 할 수 있어요."

이제 와 생각해 보면, 나를 생각해 영어로 인사를 건넨 이모에게 굳이 그런 말을 해야 했나 싶기도 하지만 나중에 밝혀져 서로 뻘쭘해지는 것보다 백 번 천 번 나은 결정이었다. 나와 짧은 인사를 나누고, 엄마와 이모는 이런저런 이야기들을 했다. 캐나다로 이민을 간 후 한국은 이번이 처음이라 어색할 만도 한데, 피는 물보다 진하다는 것을 증명하듯 둘은 전혀 어색하지 않게 이야기를 나누었다. 이모와 엄마가 이야기를 나누는 동안, 딱히 할 것이 없었던 나는 잠깐 잘까 하다가 집을 둘러보는 것을 택했다. 할머니 집은 작았다. 집을 돌아보는데 이백 걸음이면 충분할 것 같았다.

아무리 할머니 집이라지만 내가 함부로 둘러봐도 될까 싶어 우물쭈물하고 있는데 찌르르 찌르르 거리는 소리가 들렸다. 난생처음 들어보는 소리에 이끌려 나는 할머니집 뒤편으로 향했다. 나에게만 새롭게 들리는 소리일지도 몰랐다. 내가 홀린 듯 향한 그곳이 아마도 할머니의 뒤뜰인 것 같았다. 비행기를 타고 오는 동안 엄마에게 할머니의 뒤뜰에 관한 이야기를 들었는데, 할머니는 그곳을 참 아끼셨다고 한다. 엄마가 어른이 되고 나서였나. 집에서 굳이 농사를 지을 필요가 없게 된 후로 텃밭을 뜰로 바꾼 것이다. 할머니는 나에게 그 뜰을 꼭 보여주고 싶어 하셨다고 했다. 좀더 빨리 왔더라면 할머니의 뒤뜰을 볼 수 있었을까? 이제 와 후회해도 별 소용이 없는 것들을 생각했다. 그리곤 할머니가 나에게 보여주고 싶었을 뜰의 모습을 상상했다. 또다시 풀벌레 소리가 났다. 풀의 까슬까슬한 느낌은 생각도 하지 않은 채 뜰 안으로 들어갔다. 무성히 자란 넝쿨 넘어, 뒤죽박죽이지만 어쨌든 꽃들이 자라고 있었다. 예뻤다. 작은 꽃밭은 보라색의 꽃들로 가득 차 있었다. 할머니는 어떤 사람이었을까. '보라색을 좋아했던 사람? 잠깐 한눈팔면 자라나는 넝쿨들을 정리해둘 만큼 부지런했던 사람?' 혼자서 이런저런 생각을 하고 있는데 어느샌가 이모가 왔다. 주뼛거리는 이모는 한 장의 사진을 들고 있었다.

"소리야, 너 아직 보라색 좋아하니?"

이모가 말했다.

"네, 제일 좋아하는 색이에요."

내가 대답했다.

이모는 잠시 뜸을 들이다 입을 뗐다.

"이 꼬마가 너야. 기억이 안 날지도 모르지만……. 너는 보라색을 좋아했어. 네가 캐나다로 가고 나서 이 꽃밭은 늘 보라색이었어. 할머니가 네가 한국에 오면 지루하지 않게 잘 가꿔놔야 한다고 그러시더라. 지금 이런 이야기를 해서 될 것도 없는데. 할머니 장례식 끝나고 집을 정리하는데 그제야 뒤뜰이 생각나더라고. 나는 엄마가 키워온 꽃밭을 망칠까 봐 겁이 나서. 그걸 정리할 엄두가 안 나더라. 미안해."

얼마 동안을 뜰에 앉아 있었는지도 모르겠다. 이모가 가고 처마 밑의 돌에 앉아 보라색 꽃들을 바라보았다. 내 기억엔 없는 것들이 할머니의 기억 속에는 있었을까? 나는 내가 이 뜰에 처음 와본다고 생각했다. 이제는 그게 아니라는 걸 알았지만 나는 아직도 내가 이곳에 처음 와보는 것 같다. 할머니가 돌아가셨다는 것이 조금은 실감이 났다. 엄마가 나를 부를 때까지, 시간이 얼마나 흘렀는지도 모른 채 거기에 앉아 있었다.

*

"소리야, 너 시골 체질이구나? 무슨 외국에서 살던 애가 시간 가는 줄도 모르고 풀밭에서 놀고 있어. 빨리 와서 밥 먹어"

이모가 놀리듯 말했다. 아까 뜰에서 이야기를 나눌 때 이모는 꽤 진지한 사람처럼 보였는데, 꼭 그런 건 아니었나 보다,

얼마 전까지만 해도 캐나다에서 밥을 먹었던 것 같은데……. 아직은 좀 얼떨떨했다.

"이거 할머니 된장으로 끓인 거야. 좀 있으면 먹고 싶어도 못 먹는다?"

이모는 그렇게 말하곤 슬쩍 웃어 보였다. 그 말을 들은 엄마도 웃었다.

헛웃음이라고 해야 할까? 흘리듯 새어 나온 웃음이었다.

*

　나는 그렇게 평화롭고 잔잔한 날들을 보냈다. 오후 1시에 일어나도 혼내는 사람이 없는. 권태로운 날들이 지겨워지려는 찰나, 여느 날과 다름없이 저녁을 먹고 있는데, 엄마와 이모가 내 눈치를 슬슬 봤다. 뭔가 나에게 말할 것이 있는 듯했다. 엄마는 이모에게 입 모양으로 '내가?'라고 말했다. 엄마는 헛기침 몇 번을 하고 입을 뗐다.

　"소리야, 너 학교 안 갈래?"

　아……

　한국에서 한국 학교에 다니는 건 당연한 일이다. 그건 나도 마음의 준비를 하고 있었기에 괜찮았다. 다만 내가 짜증이 나는 것은 엄마의 질문이다. 만약 내가 저 질문에 아니라고 대답한다면? 나는 엄마의 과한 배려들이 싫다. 저 배려 때문에 우리는 얼마나 바보처럼 살아왔는지. 나는 한껏 짜증이 난 내 마음을 죽이고 크게 손뼉을 한번 쳤다. 그런 뒤에 억지로 웃어 보이며 말했다.

　"그래! 가야지. 학교. 언제부터 가는데?"

　"소리 너는 언제가 좋니?"

　아아……

　내 손가락들은 짜증으로 가득 차 꾸물거렸지만 난 한 번 더 참았다. 필사적인 노력이었다.

　"내가 좀더 생각해 보고 말해 줄게."

　다른 사람의 눈으로 보았을 때 엄마의 말투는 아주 다정하다. 그러니까 남들은 나를 이상하게 생각할지도 모른다. 잘해 줘도 저런다며 혀를 끌끌 찰 수도 있다. 나는 싫다. 그냥 싫다. 언제부턴가 엄마의 그런 말투가 거슬렸다. 엄마의 질문은 답을 가지고서 핀다는 걸 눈치챘을 즈음이었을까? 그 무렵부터 엄마의 묻는 말에 신경질적으로 반응했던 것 같다. 물론 엄마는 눈치채지 못했겠지만. 엄마에겐 그런 식으로 이야기해 본 적이 한 번도 없다. 나에게 엄마는 조금만 건드려도 무너질 탑 같다.

*

오늘은 학교에 가는 날이다. 조금 더 특별하게 말한다면 학교에 처음 가는 날. 학교에 가보는 게 어떠냐는 이야기가 나왔던 게 저번 주 목요일이었고, 오늘은 월요일이다. 학교를 이렇게 빨리 다닐 수 있을 리가 없는데. 분명 엄마는 미리 학교에 전화해두었을 것이다.

사실은 어제도 학교에 갔다. 학교에선 내 교실과 내 번호, 내 교과서, 내 것들을 받았고, 엄마는 내 이름을 한 자 한 자 정성스럽게 썼다. 그러고 보니 엄마가 한글을 쓰는 걸 참 오랜만에 봤다. 내 이름 '이소리'는 예쁜 이름이다. 소리와 솔이는 발음이 같아서, 소나무처럼 늘 푸르게 살라는 의미가 있었다. 또 세상에 소리 낼 수 있는 사람이 되라는 의미도 담고 있었다. 이름의 뜻처럼 잘 흘러가고 있는 건지는 잘 모르겠지만. 날 데려다준다는 엄마의 친절을 극구 사양한 채 학교로 나섰다.

어젯밤, 스마트폰 지도의 로드뷰를 따라 눈으로 걸었던 길을 내 다리로 걸었다. 피곤했다. 그냥 엄마한테 태워달라고 할걸. 여름 아침의 미지근한 아스팔트를 밟고 있자니 한숨이 절로 나왔다. 얼마나 걸었을까. 내 눈앞에 파란색의 건물이 나타났다. 내가 다니게 될 학교였다. 마을의 작은 학교에는 학생이 꽤 있었다. 전교생이 2명인 학교도 있다던데 그 정도는 아니었나 보다. 교실에 들어가면 앉아 쉴 수 있겠지 하는 마음으로 학교에 들어섰다. 아무래도 중학교라 그런지 다들 열쇠가 들쭉날쭉했다. 학교에는 반이 총 3개 있었는데, 학년별로 나눠진 거였다.

"안녕하세요."

교실에 들어가 선생님께 인사를 드렸다. 선생님은 나를 반갑게 맞아 주셨다

"응. 네가 소리구나? 반갑다. 저기 가서 앉아라."

우리 반은 나를 포함해 총 4명이었다.

"안녕? 나는 지혜야. 너 와서 엄청 엄청 다행이다! 우리 반에 여자애가 나밖에 없어서 너무 힘들었어. 흑흑."

지혜는 살가운 친구였다. 흑흑 이라는 소리를 입으로 내는 것이 뭔가 우스웠지만 말하지 않았다.

"응, 반가워. 나 한국말 잘 못하는데."

"아니야. 엄청 잘하는데?"

캐나다에서는 주로 영어를 썼다. 그곳 사람들과 생활하기 위해서 나는 영어를 써야만 했다. 나의 모국어는 한국어지만, 사용하지 않다 보니 서툴게 되었다. 큰 의미는 없었을 지혜의 말에 괜히 기분이 좋아졌다.

*

"자, 오늘은 승현이가 인사할 차례네. 인사."

"차렷! 선생님께 경례."

"안녕히 계세요!"

아이들의 목소리가 그 어느 때보다 밝았다.

"소리야. 내일 보자! 박승현! 뭐 하는데!"

지혜는 인사도 지혜다웠다.

공부보다는 적응에 의미를 둔 하루가 지나고 담임 선생님께서 나를 부르셨다.

"소리야. 마치고 잠깐 이야기하다 가자. 교실에 남아 있어."

선생님이 말한 이야기는 상담 같은 거였다. 수학은 어디까지 이해할 수 있는지. 애들은 괜찮은지. 오늘 하루는 어땠는지. 어머니는 어떠신지. 가정은 행복한지. 그리고 아버지는.

선생님은 아버지라는 말을 꺼낸 후 아차 싶은 표정을 지었다. 그리곤 나의 눈치를 살폈다. 아버지가 선생님과 나 사이의 금기어라도 되는 듯했다. 선생님은 그 이후로 말을 몇 번 더듬더니 얼버무리는 식으로 상담을 끝냈다.

"그래, 소리야. 우리 반에 와줘서 고마워. 앞으로 잘 지내보자. 언제든 힘든 일 있으면 샘한테 말하고."

"네. 선생님, 안녕히 계세요."

"어휴 날씨가……. 소리야 비 올 수도 있으니까 빨리 가라."

선생님과 상담을 끝내고 곰곰이 생각했다. 나는 아빠에 관한 얘기를 들어본 적이 없었다. 외국은 이혼 가정이 많아 엄마와 단둘이 사는 내가 이상하게 보이지 않았을 것이다. 그래서인지 아빠에 관한 질문은 한 번도 받아 본 적이 없다.

캐나다에서는 사회적 배경이 아버지의 언급을 막았다 치고. 그럼 엄마는? 엄마는 나에게 말했어야 하는 거 아닌가? 나는 엄마에게서 아빠의 이야기를 들어본 적이 없다. 나는 엄마의 자식이기도 하지만 아빠의 자식이기도 했다. 엄마는 왜 나에게 말해 주지 않은 거지? 알아내야겠다고 생각했다. 좀더 확실해지면, 그때 엄마에게 물어봐야겠다. 이런저런 생각을 하며 교문을 향해 걸어갔다.

*

나는 운이 좋은 사람이 아니다. 군이 수식어를 붙이자면 나는 지금 머리가 복잡한 운이 좋지 않은 사람이다. 담임 선생님과의 상담을 끝내고 집으로 돌아오는 길엔 구름이 가득했다. 그리고 빗방울이 하나둘 떨어졌다. 선생님 말씀이 맞았다. 비가 올 것 같다고 빨리 가라 하셨는데, 나는 너무 느리게 걸었다. 빗방울은 어느새 굵은 비가 되었다. 내 머리를 톡톡 치는 정도였던 빗줄기는 점점 거세졌다. 게다가 이제는 번개도 친다. 번개를 따라 천둥도 쳤다. 나는 번개를 맞고 죽을지도 모른다는 희박한 확률을 걱정했지만 무섭지 않은 척 앞으로 걸어갔다. 계속 걸어갔다. 천둥소리를 조금이라도 작게 듣기 위해 귀에 꽂은 이어폰의 소리를 높였다. 그리고 가장 좋아하는 노래를 틀었다. 이상하게 들릴지도 모르지만, 이 노래를 들으며 번개를 맞는 것도 꽤 괜찮을 것 같았다. 그렇게 생각하며 흘러나오는 노래의 노랫말에 귀기울였다.

그때 누군가 나의 어깨를 톡 하고 두드렸다.

"야. 너 왜 우산을 안 쓰고 가. 여름 감기가 더 무서운 거 몰라?"

낯선 사람의 등장에 나는 몸을 움찔거렸다.

"앗, 미안. 놀라게 하려던 건 아니었는데. 진짜 아니었어."

그런 말을 하고 남자애는 미간을 찌푸리며 나를 뚫어지게 쳐다보았다.

"너 못 보던 앤데……. 혹시 윤 할머니 손녀야?"

남자애가 눈을 크게 떴다. 내가 할머니 손녀인 건 어떻게 알았을까? 나는 빗방울이 눈 안으로 들어가 잠깐 눈을 찡그렸다.

그리고 고개를 끄덕였다.

"우와……. 여기서 다 보네. 할머니가 나한테 너 엄청 자랑하셨거든. 궁금했는데."

"네. 안녕하세요."

나는 무슨 말을 해야 할지 몰라 인사를 했다.

할머니는 자기를 한 번도 보러 오지 않았던 손녀를 왜 자랑했을까?

"너 16살 아냐? 왜 우리 반에 없었지? 동갑이잖아. 우리."

남자애가 물었다. 내 나이까지 아는 걸 보면 이미 할머니께 들은 게 많은 것 같았다

"내가 한국어를 잘 못 해서. 커리큘럼도 다르고. 나 2학년 반에 있어."

내가 대답했다.

"우산 같이 쓰고 가자. 너 계속 비 맞고 있었겠구나. 미안. 안 추워? 너무 반가워서 너 우산 안 쓴 것도 깜박했어."

"응, 고마워."

"그리고 우산 교무실에서 나눠줘. 우산 없으면 그거 쓰면 돼. 교무실은 어딘 줄 알아?"

"아니. 나 오늘이 처음이야."

"맞네. 그렇겠다. 내일 내가 알려줄게."

처음 만난 우리는 우산을 나눠 쓰고 한참을 걸었다.

*

남자애 이름은 은율이었다. 은율이는 우리 집 맞은편의 파란 대문 집에 살고 있었다. 내가 아무 노력 없이 얻은 개와의 관계가 두 개나 되었다. 이웃이자 친구. 은율이는 16살, 나와 동갑이고 우리 학교 학생회장이다. 그 아이와 이야기를 나눈 후 나는 무엇인가 새로운 기분이 들었다. 은율이는 다문화 가정의 아이라 피부색이 조금 더 짙었다. 이국적인 모습으로 한국어를 술술 뱉는 너와, 한국적인 모습으로 더듬더듬 길을 찾듯 말하는 나. 나는 우리의 만남이 신기하게 느껴졌다. 너와 나의 공통점은 우리 할머니를 아는 것뿐인데. 그것도 네가 훨씬 더 잘 아는데. 첫 만남에 괜히 들뜬 것은 아닐까 했다. 내일부터는 너무 친한 척하지 말아야……

"소리야, 전화번호 있어? 전교 회장으로서 책임감이야!"

"응 010"

……지

은율이는 내 첫 번째 한국친구였다.

토마토와 복숭아

은율이와 헤어지고 난 후 나는, 대문에 기대어 크고 깊은 숨을 쉬었다. 아무 일 없이 하루를 보냈다는 안도감과 종일 긴장한 탓에 쌓인 피곤함이 밀려왔다. 잔뜩 경직된 내 모습이 우스워 보이지 않았을까 하면서도 무사히 학교를 다녀온 내가 대견스러웠다.

혼자 있는 시간은 오래가지 않았다. 방금 깬 듯 부스스한 머리를 가진 이모가 마당으로 나왔다. 대문이 열리는 소리를 들은 듯했다.

"소리야, 학교 잘 다녀왔어?"

이모가 물었다.

"네. 생각보다 재미있었어요. 근데 엄마는요? 엄마가 없길래."

"아, 언니. 장에 갔어. 시골은 날마다 시장이 열리는 게 아니라서."

"아, 그렇구나. 근데 마트도 있잖아요."

"마트는……. 마트도 좋은데 시장에 아는 사람이 많거든. 버스 타면 시장도 금방이야. 같이 가볼래?"

"네. 근데 나중에요. 지금은 좀."

"왜? 아, 너도 피곤하겠구나. 방에서 좀 쉬어."

이모의 말에선 왠지 모를 어색함이 느껴졌다. 하긴 몇 년 만에 나타난 조카가 부담스러울 수도 있겠다 싶었다. 나는 손님에 가까울 테니까. 손님과 가족 사이 어정쩡한 경계에 내가 서 있었다.

*

똑똑. 이모가 방문을 두드렸다. 쉬라는 말을 건넨 지 5분이 채 지나지 않은 시간이었다.

"소리야, 잠깐만 들어가도 되니? 줄 게 있어서. 할머니 관련……."

할머니는 돌아가셨지만, 여전히 여기에 계신 것 같았다. 나의 관계는 할머니를 중심으로 맺어졌다.

"네, 이모. 무슨 일이세요?"

"응. 할머니가 너한테 꼭 전해 주라 했던 게 생각나서. 돈은 아닌 것 같고. 나한텐 열어보지 말라더라. 너 혼자 읽어봐. 엄마한테 들키지 말고."

"네. 집문서 같은 건 아니겠죠?"

나는 농담 삼아 이모에게 얘기했다. 그리곤 한쪽 눈썹을 들썩이며 살짝 웃어 보였다. 이게 농담이란 걸 알아주기를 바라는 행동이었다.

"응. 그럴 수도?"

이모도 고개를 갸웃하며 내 농담에 반응했다.

"그럼 쉬어. 뭐 필요한 거 있으면 부르고."

이모는 쿨한 사람이었다. 내가 무엇을 하고 있었는지도 묻지 않았다. 이모의 적당한 관심이 고마웠다. 아무튼 이모는 떠났고 할머니가 내게 주신 봉투를 열 일만 남았다. 혹시 우리 엄마가 내 친엄마가 아니라느니 하는 충격적인 말이 적혀 있을까 봐 봉투 열기를 조금 망설였다. 할머니의 편지봉투는 연노랑 색이었다. 원래도 노랗던 편지지가 세월을 맞아 더 누레진 것 같았다. 편지봉투 하단에는 굴림체로 '병아리의 솜털처럼 부드러운 마음으로 당신을 사랑합니다.' 하는 글귀가 인쇄되어 있었다. 아무리 보아도 요즘 감성은 아니었다. 이런 게 할머니의 취향이라면 뭐. 읽기 전부터 조금의 거부감이 들기는 했지만 참을 수 있었다. 긴장되는 마음으로 편지지를 펼쳤다.

> 소리야 할머니다. 우리 소리 잘 지내지? 할머니가 소리에게 특별한
> 선물을 준비해두었는데. 그게 무엇인지는 소리가 찾아야 해. 이 편지
> 에서 힌트를 줄 수도 있겠지만 나는 소리가 토마토 밭에 꼭 가보았
> 으면 좋겠다. 힌트는 토마토 밭에 둘게. 할머니의 선물이 소리에게 꼭
> 전해지기를 바라. 우리 예쁜 소리야. 보고 싶다안녕.

할머니와 나는 다른 세상에 살았고 우리는 만날 수 없었다. 그걸
아는데도 할머니의 보고 싶다는 말에 나도 할머니가 보고 싶어졌다.
만날 수 없는 사람에 대한 그리움은 어떻게 해야 하는지 잘 몰랐다.
마음이 텅 빈 것 같은 느낌이 한동안 이어졌다.

공허함에 허우적거린 것도 잠시, 할머니의 편지를 여러 번 읽고 나
니 편지 속 내가 해결해야 할 것들이 눈에 들어오기 시작했다. 그리
고 내가 해결해야 할 일이 너무도 많다는 것을 깨달았다. 나의 아버
지는 어떻게 되었는지 할머니의 선물은 뭔지. 내가 이런 걸 다 짊어
질 수 있을까 했다. 토마토 밭에 가는 게 우선이었다. 이모를 찾았다.

"이모, 토마토 밭이 어디 있는 줄 아세요?"

"응. 알지. 내가 일하는 덴데. 왜?"

"할머니 편지에 그게 나와 있어서요."

"그게 편지였구나. 나도 점심 먹고 다시 일하러 갈 참이었는데. 데려다줄까?"

우리는 경운기를 타고 토마토 밭으로 갔다. 이모는 능숙하게 차를 몰았다.

"이모. 토마토 밭이 뭘까요?"

"응? 나도 모르지. 엄마는 나한테 아무것도 말 안 했다니까. 엄마 아픈 것도 돌아가시기 한 달 전에 알았어."

"아, 그렇구나. 죄송해요."

"뭐가 죄송해. 됐어. 언니 가고 자식 노릇 못한 건 나니까. 나도 할 말 없지."

"그럼 토마토 밭은 사건 같은 거 없어요? 거기서 뭘 했다든지 그런 거요."

"토마토 밭이 우리한테 남은 마지막 땅이야. 나머지는 다 팔았거든. 아마 그것도 나 대학 보내려고 팔았을걸? 내가 대학 졸업하고 취업을 못하니까. 나한테 짐 되기 싫어서 아파도 별말 안 했나 보더라고."

이모는 아무 말 없이 경운기를 몰았다.

나도 어떤 말을 해야 할지 몰라 가만히 있었다.

"여기가 토마토 밭이야. 난 토마토 따야 하니까 너는 너 할 거 해."

이모와 나는 토마토 밭에 내렸다. 토마토 밭에서 힌트 찾기는 사막에서 바늘 찾기였다. 이 넓은 밭에서 어떻게 힌트를 찾을 수 있을까. 쏟아지는 햇살 때문인지 정신이 아득했다. 마음을 다잡고 침착하게 생각했다. 할머니는 내가 토마토 농사를 망치지 않길 바랐을 테고 그렇다면 식물 밑이나 밭 가운데는 힌트가 없을 것이다. 안 그러면 내가 밭을 다 파헤칠지도 몰랐다. 남은 선택지는 밭의 끝과 끝이었다. 이모가 밭의 처음부터 잡초를 뽑고 있으니 난 뒤편으로 먼저 가볼 수밖에 없었다. 토마토는 햇살을 가득 받으면 좋다지만 나는 아닌 것 같다. 밭의 끝에서 끝까지 한참을 걸었다. 어쩌면 할머니는 이모의 대학을 위해서가 아니라 감당 못할 양의 농지를 처분한 거였을지도 모른다. 걸을 만큼 걸었다고 생각할 때쯤 밭의 끝에 다다랐다. 밭의 100m가량은 모두 토마토였는데 끝에는 나무들이 우거져 있었다. 운 좋게도 나는 우거진 나무 사이에 묶여 있는 리본을 발견했다. 이렇게 쉽게? 라는 생각이 들어 꽝 쪽지가 아닐까 생각했다. 다행히도 그건 힌트 쪽지가 맞았다.

> 소리야, 네가 이 쪽지를 발견했구나. 잘했어. 소리는 어릴 때부터 아주 똑똑했단다. 힌트는 내가 네 선물을 아주 친한 사람에게 맡겨 놓았다는 거다. 소리야 행운을 빈다. 할머니의 부탁을 들었다면 지금은 여름일 테지? 착한 소리, 더위 조심해안녕

마지막 말과 안녕을 붙이는 게 할머니의 습관인 것 같았다. 힌트를 얻었으니 나는 집으로 돌아가면 된다. 어찌어찌 사건을 조금은 해결해 가고 있었다. 앞으로도 이렇게 나아가면 될 것 같았다. 조금씩 조금씩. 할머니의 선물이 음식만 아니라면 좀 느긋해도 되는 거 아닌

가? 오늘은 참 피곤한 하루였다. 등교 첫날이 이렇게 힘들어도 되는 건가 했다. 오랜만에 나는 정말 푹 잠들었다.

*

아침이 밝았다. 피곤한 몸을 일으켜 학교에 갈 준비를 했다. 나는 어제처럼 아침을 먹고 어제처럼 옷을 입었다. 그때 누군가 밖에서 나를 불렀다.

"소리야 빨리 나와! 너 지각이다!"

그 소리에 엄마와 이모도 함께 나왔다. 아마 딸을 애타게 부르는 목소리의 주인공이 누굴까 궁금해서였을 것이다.

은율이었다. 나를 부르던 사람은.

"어! 이모. 안녕하세요."

"은율아. 오랜만이다! 잘 지냈어?"

"네. 이모가 일을 워낙 바쁘게 하시니까…… 얼굴 보기가 힘드네요. 토마토는요?"

"잘 크고 있지. 요새 수확 중."

오지랖이 이렇게 넓을 수가. 은율이는 이미 우리 이모와 아는 사이였다.

"안녕하세요! 저 이은율입니다. 옆집에 살아요. 소리 친구고요."

은율이는 생글생글 웃으며 우리 엄마에게도 인사를 건넸다.

"그래. 그렇구나. 우리 소리 잘 챙겨줘."

엄마는 말은 그렇게 했지만, 어딘가 떨떠름해 보였다. 사회성이 좋지 않은 딸에게 친구가 생기니 의심부터 하는 거였다.

"소리야. 오늘부터 다음 주까지 10분 일찍 등교해야 해. 너희 담임 선생님이 잘 깜박깜박하셔서. 이모, 소리 자전거 타고 가도 되죠?"

"응. 고마워. 소리 챙겨주고."

나만 빼고 만남의 광장이 따로 없었다. 나는 머뭇대다 은율이의 자전거 위에 올라탔다. 어제 만난 친구와 너무 가까워진 것 같기도 했다.

"내가 타도 되는 건가?"

내가 미안하다는 마음을 담아 물었다. 이미 집은 콩알처럼 보이는 거리였다.

"당연하지. 우리 친구 하기로 했잖아. 그리고 어제 너 부른 거 내가 아는 애인 줄 알고 그랬어. 우리 학교는 작아서 서로서로 형 동생 하거든. 한동네기도 하고."

은율이는 내가 묻지 않아도 궁금한 것들을 척척 대답했다. 나는 대화의 다음 내용을 고민하지 않아도 되어서 좋았다. 게다가 은율이의 말은 재미있기까지 했는데, 이게 바로 내가 정말 원했던 대화였다.

"우리 학교는 부모님들이 거의 농사를 지으셔서, 이맘때 여름 과일 딴다고 바쁘거든."

"그럼 지금 한창 바쁘겠네."

"응. 그치. 그래서 빨리 시작하고 빨리 마치는 거야. 고작 10분이긴 하지만. 집에 가서 일손 좀 도우라는 거지."

"너도 바쁘겠다. 너희 집은 무슨 농사 짓는데?"

"우리는 복숭아. 동그랗고 예쁘잖아."

"응. 그렇지. 나도 좋아하는데."

"알고 있어. 나 옛날에 너희 할머니한테 들었거든."

할머니 기억 속 나는 5살일 테고, 지금 16살인데. 좋아하는 과일은 여전히 같았다.

"할머니랑 내 얘기밖에 안 했어?"

"꼭 그런 건 아니지만, 네 얘기를 주로 했지."

은율이는 내 이야기를 듣는 게 재밌었을까? 우리가 만난 적이 없는데도?

"너 오늘 마치고 시간 돼?"

은율이가 물었다.

"응 아마도. 왜?"

"그럼 마치고 나랑 어디 가자. 학교 마치고 교문에서 기다려 줘."

"응. 근데 어딘지는 알려줘야 하는 거 아냐? 그래야 내가 갈지 말지 결정하지."

"실은 갈지 말지 할까 봐 안 가르쳐 주는 거야. 되게 멋진 곳인데 네가 안 간다고 할까 봐."

다른 사람이라면 어떤 곳인지 꼬치꼬치 캐물었겠지만 은율이니까 한번 믿어보기로 했다. 어제 처음 만난 사람에게 이 정도의 신뢰를 가져도 되는 걸까? 나는 복숭아를 먹을 때, 늘 '달겠지?' 하고 생각한다. 진짜 단지 안 단지는 상관없었다. 그렇게 하면 신 복숭아를 먹어도 달콤하다는 기분이 든다. 은율이는 복숭아를 키운다니까 한번 믿어주는 거다.

*

"안녕하세요."

담임 선생님께 인사를 드렸다.

"좋은 아침. 오늘 빨리 와야 하는 거 어떻게 알았어? 어제 깜박하고 애들한테 말을 안 했는데. 소리가 1등이네."

"다른 학년에 친구가 있어서요."

나는 멋쩍게 웃었다. 얼마 지나지 않아 지혜를 비롯한 아이들이 교실로 들어왔다.

"선생님, 오늘 빨리 오는 거라고 왜 말씀 안 하셨어요. 흑흑흑. 벌점 받을 뻔했잖아요."

"선생님 실수라서 벌점 빼줄 수 있는데. 뛰어 왔니? 미안. 에어컨 제일 세게 틀어줄게."

"으악. 넵.

고작 한 살 차이인데 지혜는 어딘가 아기 같은 면이 있었다. 나쁜 뜻이 아니라, 지혜는 애교가 많았다.

"소리야, 안녕. 오늘 진짜 덥다……. 흑흑 걸어왔어?"

지혜가 자리에 앉음과 동시에 말을 걸었다.

"아니. 나 자전거 타고."

"너 자전거도 탈 줄 아는구나!"

자전거 얘기가 나오자 석원이의 눈이 번쩍였다. 석원이는 우리 반 남자애였다. 승현이보다는 점잖은 면이 있었다.

"소리 너 자전거 타? 그럼 이번에 영국에서 만든 자전거 봤어?"

자전거 타는 것과 영국에서 만든 자전거가 무슨 상관인진 모르겠지만.

"아. 내 건 아니고 친구가 태워 줬어."

"자전거 타는 사람이면 영국에서 새로 나온 거 다 알거든. 애네는 몰라."

반짝였던 눈이 다시 밋밋하게 돌아왔다.

"친구가 태워 줬구나. 박승현, 너도 좀 보고 배워라."

지혜와 승현이는 아주 친한 친구인 듯했다.

"뭐래. 은율이 형이어도 아침엔 안 태워 줄걸?"

"뭔. 은율이 오빠랑 너랑 같냐?"

정말이었다. 이 학교는 전교생이 형 동생이라고 하더니. 모두가 은율이를 알고 있었다.

"근데 소리야, 넌 어디 살아? 이쪽으로 이사 오는 걸 못 봐서."

지혜가 물었다.

"음……. 어디라고 말해야 하지? 어떻게 설명해야 할지 모르겠어."

나는 미간을 찌푸렸다가 슬쩍 웃어 보였다. 자기 집도 모르는 16살이라니. 우스웠다. 보라색 꽃밭이 있는 집이라고 말하면 지혜가 알 수 있을까?

"그럼 냇가 있잖아. 돌다리 있는 거. 그걸 기준으로 왼쪽이야 오른쪽이야?"

지혜가 다시 물었다.

"그럼 왼쪽."

내가 잠깐 고민하다가 대답했다.

내 대답을 들은 지혜는 이 동네에 관해 설명해 줬다.

"이 동네는 두 개로 나뉘거든? 냇가 왼쪽은 할머니들이 많이 사셔. 그쪽에는 은율이 오빠밖에 안 살 거야 아마. 나머지 애들은 오른

쪽에 모여 살아."

"그렇구나. 그럼 완전 가족 같겠다."

"그런가? 친하긴 하지."

지혜는 그렇게 말하곤 환하게 웃었다. 눈이 접히도록 웃는 지혜를 보니 뭐가 그렇게 좋을까 싶으면서도 웃음이 났다.

"어이구 할 말이 뭐가 그렇게 많냐. 책 펴."

우리는 종이 치는 줄도 모르고 떠들었다. 담임 선생님의 말에 지혜는 다시 칠판 쪽으로 몸을 돌렸다.

*

"오늘 경례는 생략할게. 내일도 빨리 와야 한다."

'네' 하는 아이들의 우렁찬 대답이 교실을 채웠다.

"소리야, 집에 같이 갈래? 돌다리까지만."

지혜가 물었다.

"미안. 나 오늘 마치고 갈 곳이 있어서……."

지혜가 상처받지 않을까 걱정했지만, 나에게는 은율이와의 약속이 우선이었다. 나도 모르는 사이 미지의 장소에 대한 기대가 가득 찬 것 같았다. 아이들과 교문까지 함께 나왔다.

"어? 은율이 형!"

"승현이가 은율이에게 반갑게 인사했다."

"어, 승현아. 오랜만이네!"

"형 누구 기다려? 시간 있으면 축구 할래?"

혹시라도 은율이가 나와의 약속보다 승현이를 우선시할까 봐, 대답 듣기가 무서웠다. 몇 초가 몇 분 같았다.

"나 오늘 친구랑 약속 있어서. 미안. 다음에 하자."

"에이, 뭐야. 알겠어."

다행이었다. 은율이가 그럴 애가 아니지. 괜히 미안한 마음이 들었다. 지혜를 비롯한 우리 반 친구들과 인사를 했다.

"지혜야, 내일 보자."

"응. 조심해서 가!"

지혜의 해맑은 목소리를 들으니 조금은 안심이 되었다. 나에게 화난 건 아닐까 걱정했었는데.

*

친구들과 헤어진 후 교문에는 은율이와 나만 남았다. 은율이는 끌고 온 자전거에 올라탔다.

"뒤에 타. 자전거 타고 가야 해."

겨우 한번 타봤다고 자전거에 뛰어오르는 게 쉬워졌다.

"자전거까지 타고 가야 하는데도 어딘지 안 알려줄 거야?"

내가 툴툴거렸다.

"으응. 좀만 참아. 원래 예고 없이 보여주는 게 더 멋있잖아."

은율이에게는 별게 다 멋있는 것 같았다. 자전거를 타고 뻥 뚫린 아스팔트길을 달렸다. 바람이 나에게 닿는 느낌이 좋았다. 바람을 타고 은율이의 머리카락이 내 얼굴에 스쳤다.

"전에 자전거 타 봤어?"

한참을 달리다가 은율이가 물었다.

"아니. 이번이 처음이야. 좀 그런가?"

"나도 처음이야. 매일 나 혼자 탔거든."

은율이는 그렇게 말하곤 피식 웃었다.

뭐가 나도라는지는 모르겠지만, 처음인 건 나뿐만이 아니라는 생각에 마음이 편해졌다.

은율이와 짧은 대화를 나눈 후 우리는 정적을 이어갔다. 할 말이 없어서 생긴 침묵이라기보다는 둘 다 그걸 원해서였다. 시골에는 말소리 말고도 들을 게 많았으니까. 어떤 마음은 말하지 않을 때 더 잘 전해졌다.

나는 자전거를 은율이에게 맡겨두고 길가 쪽으로 고개를 돌렸다. 늘 노란 줄만 알았던 벼는 초록색으로, 이제야 익어가고 있었으며 길가에는 코스모스가 볼품없이 피어 있었다. 여름에도 코스모스는 피나 보다. 한두 송이씩 피어서 바람에 나부끼는 코스모스가 비실비실했다. 혼자 자전거를 탔다면, 나는 이런 것들을 알아챌 수 있었을까?

"소리야, 이제 눈 감으면 안 돼? 거의 다 왔거든."

은율이가 들뜬 목소리로 부탁했다. 뭐 그렇게 대단한 곳이길래. 나는 마지못해 눈을 감았다. 은율이는 엄마의 생일 선물을 숨겨두고 자기가 더 들뜬 아이 같았다.

"이제 눈 떠."

나무 아래에서

눈이 닿는 곳마다 펼쳐진 잔디밭, 오순도순 자라나 연둣빛 바다를 만든 잔디, 어디서 나는지 모를 새소리, 발걸음을 뗄 때마다 튀어 오르는 풀벌레, 바람과 나뭇잎이 부딪히며 내는 소리, 그 중간쯤 우뚝 솟은 커다랗고 푸른 나무, 햇빛을 받아서 반짝이는 나무의 이파리. 비가 왔었나? 코끝을 두드리는 흙냄새. 뿌듯하게 웃고 있는 너의 얼굴. 왠지 벅차오르는 마음.

이렇게 다 말해 주고 싶었는데.

"소리야, 어때? 자전거 타고 온 보람이 있지?"

"응, 좋다."

나는 고작 그렇게 말했다. 내가 느낀 감정에 비해 턱없이 작은 말이었다. 하지만 마음은 표정에 다 드러나 있지 않았을까? 은율이가 별로냐고 되묻지 않은 걸 보면.

"소리야, 나 따라와."

"응. 근데 잔디 밟아도 되는 거야?"

"밟아도 괜찮아. 이 잔디 내가 정리한 거거든. 어릴 때 우연히 집 뒤쪽으로 나오게 됐는데, 그때 여기를 발견했어. 나무판자 같은 거에 가려져 있었는데 치우니까 보이더라고. 여기는 나밖에 몰라."

괜찮다는 은율이의 말에도, 최대한 잔디를 밟지 않으려 노력했다. 은율이의 말처럼 여기는 우리 동네였다. 은율이는 바로 여기로 통하는 길이 없어서 빙 돌아온 거라고 했다.

"그럼 내가 여기 처음으로 온 사람이야?"

"그치. 내가 데리고 온 건 네가 처음이야. 이상하게 여기는 혼자만 알고 싶더라고. 나만 알고 싶은 거 있잖아. 좀 못됐나?"

은율이는 솔직하게 대답했다.

"나도 나만 알고 싶은 거 있어. 무슨 마음인지 알겠다."

나는 충분히 이해한다는 뜻으로 고개를 끄덕였다. 자신을 스스럼없이 드러내는 은율이가 한편으론 부담스러웠지만 고맙다는 마음이 더 컸다.

"여기 잠깐 앉아 있을래? 내가 앉을 걸 안 가져와서."

나는 돗자리를 깔고 나무 아래에 앉았다. 돗자리라고 할 수 있을지도 모를 작은 천 위에 앉아 나무에 기댔다. 내가 기댄 나무는 독특한 모양의 잎을 가지고 있었다. 꼭대기에서부터 축 늘어진 얇은 잎은 살랑 부는 바람에도 날렸고 그 사이로 빛이 새어 들어올 때는, 꼭 하늘에 달린 커튼처럼 보였다. 이곳에서는 바람만이 소리를 가졌다. 눈을 감았다. 단조로운 햇살과 바람에 나도 모르는 사이 잠이 들었다.

*

그 이후로 시간이 얼마나 흘렀을까. 눈을 떠보니 은율이가 곁에 있었다.

"일어났어? 지금 깨우려고 했는데."

"시간이 너무 늦었나? 미안 깜박 잠들었어."

"나도 여기 기대면 많이 자."

은율이가 재밌다는 듯이 웃었다.

"근데 나는 여름을 제일 좋아하거든."

은율이는 뜬금없이 자기가 좋아하는 계절을 말했다. 그래서 뭐?

"왜냐면 딱 지금 같은 시간이 좋아서. 조용하고 예쁘고. 그래서 데려왔어."

정말이었다. 은율이의 시선을 따라 고개를 들었더니 아까의 뜨거운 기운은 사라지고 구름 너머 노을이 지고 있었다.

"여름에는 하늘이 매일 다른 그림을 그려. 해도 늦게 져서 오래오래 볼 수 있어. 어떤 날은 하늘이 분홍색이고 어떤 날은 초록색이야."

"정말? 하늘이 어떻게 분홍이고 초록이야."

"못 믿겠으면 오늘부터 같이 보자. 매일매일 달라."

은율이의 말을 믿었대도, 나는 매일 여기서 하늘을 보았을 거다. 하루에 한 번, 꿈속에서 사는 것처럼 느껴지는 순간이었다.

산 너머로 몸을 숨기는 해는 마지막을 함께하려는 듯 은율이의 얼굴에 빛을 냈다. 주황빛이 은율이의 얼굴에 스며들었다.

"여름 하늘은 부드럽거든. 지금처럼 바람이 살짝 불고, 귀뚜라미가 울고. 이럴 때 나는 세상에 나 혼자밖에 없는 느낌이야."

여기서 보는 노을은 처음인데, 은율이와 비슷한 감정을 느끼는 것 같았다. 선선한 날씨에 고요한 이곳을 둘만 안다는 사실이 좋았다.

"너는 무슨 계절 좋아하는데?"

은율이가 물었다. 갑작스러운 질문이었다.

"응? 나? 나도 여름."

나는 좋아하는 계절이 없었는데. 얼떨결에 여름이라고 말했다. 이제 내가 가장 좋아하는 계절은 여름이 되었다. 누군가 나에게 여름을 좋아하는 이유를 묻는다면 나는 대답할 수 있을까? 그냥 친구를

따라 했다고 말해야 할까. 아니면 여름을 좋아하는 이유도 똑같이
따라 말해야 할까.

*

은율이와 한참 하늘을 바라보다 내가 말을 꺼냈다.

"근데 너 내가 잘 동안 뭐했어? 심심했을 텐데 깨우지."

"나 원래 혼자 있었다니까. 별로 안 심심했어."

"그래? 그럼 뭐했는데?"

"나? 책 읽었지. 혼자 있을 땐 책 많이 읽어."

"어떤 책?"

"음. 시집 같은 거 많이 읽는데. 오늘은 추리 소설책 읽었어. 친구
가 소개해 줬는데 재밌더라."

추리 소설?

은율이와 함께 보낸 조용한 시간이 무색하게. 추리 소설이라는 말
을 듣자마자 평화롭던 공기의 흐름이 무너졌다. 내 머릿속에는 한 가
지만이 떠올랐다. 내가 풀어야 할 문제. 할머니가 남겨둔 선물. 나는
애써 침착성을 유지하며 은율이에게 물었다.

"추리 소설책 말이야. 옛날부터 많이 읽었어?"

비록 책이지만 읽는 것만으로도 촉 같은 것이 길러질 수 있다고
생각했다.

"옛날에 엄청 읽었지. 나 꿈이 탐정이었어."

은율이가 멋쩍게 말했다. 형사도 아니고 탐정이라니. 어쨌든.

"근데 왜? 너도 추리 소설 좋아해?"

"아니. 그건 아닌데, 내가 풀어야 할 문제가 있어서."

"내가 도와줄게. 무슨 문젠데?"

나는 은율이에게 내가 받은 할머니의 편지와 그 안에 적힌 내용을 모두 이야기했다. 이야기를 들은 은율이가 말했다.

"그럼 할머니 친구들을 찾아가면 되겠네. 쉬운데?"

"아니야. 진짜 어려워. 나 사회성 떨어진단 말이야. 처음 보는 사람한테 말 잘 못 걸어. 어른한테는 더."

"이번 기회에 그걸 극복하는 거지"

은율이에게는 참 쉬웠다. 오늘 아침에 우리 엄마에게 건넨 인사로도 알 수 있었다. 나에게는 그렇게 쉬운 일이 아닌데.

"곧 깜깜해지겠다. 가자. 자전거 뒤에 타."

이제는 제법 익숙했다. 은율이의 자전거에 올라탔다. 우리가 자전거를 타고 앞으로 나아 갈 때마다 가로등의 불이 하나씩 켜졌다. 쭉 뻗은 길이 우리를 위해서 만들어진 것 같았다. 밤공기가 신선했다.

"소리야. 잘 가. 내일도 아침에 보자."

은율이의 자전거를 타니 어느새 집에 다다랐다.

"고마워 태워줘서. 내일 보자."

*

오늘도 아침이 밝았다. 엄마가 나를 깨우는 소리에 눈을 떴다.

"소리야, 지금 일어날래?"

"응. 지금 몇 시야?"

"7시 30분. 빨리 준비해야겠다. 늦지 않겠어?"

저런 말까지 꼭 질문처럼 해야 할까.

"지금 씻을게."

나는 이를 닦고, 세수를 하고, 잘 넘어가지 않는 밥도 먹었다. 학교에 가기 전에는 유난히 시간이 빠르게 흐른다. 엄마와 시시콜콜한 대화를 나누고 나니 시간은 어느덧 8시에 가까워졌다.

은율이가 나를 부를 때가 됐는데. 혹시라도 놓칠까 봐 바깥의 소리에 귀기울였다.

아니나 다를까 곧 문 밖에서 나를 부르는 소리가 들렸다.

"진짜 친해졌나 보네. 친구 못 사귈까 봐 걱정했거든."

엄마가 다행이라는 듯이 웃으며 내 어깨를 두드렸다.

"당연하지. 나도 친구 만들 수 있거든?"

자신만만한 목소리로 말했지만, 사실은 나도 그랬다. 학교에서 혼자 다닐 각오를 했었는데. 이렇게 친구가 생길 줄은 몰랐다. 은율이와 지혜를 비롯해서 친구가 생긴 지금이 감사하게 느껴졌다.

"학교 잘 갔다 와."

엄마의 말을 끝으로 나는 집을 나섰다.

*

"왔어?"

오늘도 은율이의 자전거를 빌려 학교에 갔다.

"뒤에 나 타면 안 무거워? 힘들 거 같은데."

"다리 부러질 것 같아."

"진짜? 미안. 그럼 어떡하지?"

은율이가 웃었다.

"농담이야. 그 정도로 힘들지는 않아. 나 옛날부터 운동해서 괜찮아."

은율이에게도 은근히 얄미운 구석이 있었다.

"다음에는 내가 페달 밟을게."

"너 자전거 타본 적 없다며. 안 그래?"

"그렇긴 한데…….."

"됐어. 목숨을 걸고 타느니……. 내가 운전할게."

나라도 불안할 것 같긴 했다. 은율이는 꼭 어른처럼 보였는데, 이제야 제 나이에 맞는 장난을 쳤다.

"오늘은 나 좀 늦게 마쳐서 너 혼자 가야 해."

"왜? 무슨 일 있어?"

"오늘 전교 회의 있거든. 나 전교 회장이잖아."

아 맞다 그랬었지. 전교생이 12명인 학교에도 전교 회장이 있고, 반장이 있었다.

"어제 갔던데 가 있을래?"

"그래. 근데 거기 이름 같은 거 있어?"

"이름? 없는데……. 나 혼자만 아는 곳이라서."

거기는 은율이 혼자만 아는 곳이었으니까. 딱히 이름을 지어 부를 필요가 없었다.

"집이라고 하면 어때?"

은율이가 제안한 그곳의 이름이었다.

"집이라고 하면 다른 애들한테 들키지도 않을 거고, 우리가 쉬는 데니까 집도 맞잖아."

"좋은데? 부르기도 쉽고."

그날부터 그곳은 우리의 집이 되었다. 집이라는 이름을 붙이니 그 공간이 더욱 아늑해진 것 같았다.

*

"그럼 마치고 거기서 보자. 수업 열심히 들어."

"너도 회의 잘하고."

학교 수업에선 몰랐던 걸 배우는 재미가 쏠쏠했다. 공부가 재미있다기보다도 새로운 사실을 배우는 게 재미있었다. 영어 시간이 되면 찬사를 받는 내가 뿌듯했고 국어 시간에는 한국어를 공부하며 읽어 두었던 각종 소설이 큰 도움이 되었다. 캐나다에서의 나는 뭐든지 모자란 사람이라, 학교 다니는 게 참 힘든 일이었는데. 여기서는 재미있었다. 이모의 말처럼 나는 정말 이곳에 맞는 사람인 걸까?

*

수업이 끝나고 혼자 '집'으로 걸어갔다. 혼자라는 것 빼곤 다를 것이 없었다. 어제 스치듯 보았던 몇 송이의 코스모스도 가까이서 볼 수 있었다. 가까이서 본 코스모스는 그리 하찮지 않았다. 오히려 대견하다는 생각이 들었다. 함께라서 얻을 수 있는 것이 많았지만 혼자라서 얻을 수 있는 것도 있었다. 나는 '집'에 도착하곤, 커다랗고 포근한 나무기둥에 기댔다. 딱딱한 기둥이었지만 내가 기대는 순간만큼은 부드럽게 느껴졌다. 어제처럼 나무에 기대어 눈을 붙이고 싶은 마음을 누르고, 자세를 고쳐 앉았다. 할머니의 친구 명단을 만들어야 했다.

어제 할머니의 전화번호부를 가져왔다. 할머니가 돌아가신 지 꽤 시간이 지난 터라 할머니의 물건이 남아 있을까 걱정했지만, 그곳에는 여전히 할머니가 남아 있었다. 낡은 지갑, 손때 묻은 뜨개실, 오래된 빗. 할머니가 많았다. 나는 그런 공간에서 생선을 훔치는 고양이처럼 조용히 전화번호부를 빼 왔다. 그리고 누가 볼까 싶어 내 가방 깊은 곳에 넣어두었다. 남의 물건을 함부로 만지는 건 좋지 않은 일임을 알면서도 나는 그 일을 멈출 수 없었다. 할머니의 전화번호부는 할머니가 낸 수수께끼를 푸는 데 꼭 필요했다. 나는 속으로 '잠깐만 빌릴게요. 할머니.'라고 중얼거리곤 그 방을 빠져나왔다. 할머니 때문에 할머니의 것을 빼앗는 것은 내가 생각해도 이상했다.

할머니께 죄송하지만, 내 선택은 탁월했다. 전화번호부에서는 할머니의 친구들을 쉽게 찾을 수 있었다. 인옥, 순자, 진애 등등. 나는 내 수첩에 할머니 친구들의 이름과 전화번호를 옮겨 적었다. 할머니 전화번호부 첫째 장에는 할머니 인생에서 중요했던 사람이 모두 적혀 있었다. 전화번호들은 중요도 순으로 나열돼 있는 듯했다. 첫째 장만 누렇게, 까맣게 바래진 걸 보고 알아챌 수 있었다. 서먹했던 친구들에게 선물의 보관을 부탁할 필요는 없었을 테니까, 나는 첫째 장만 보면 됐다.

첫째 장 맨 끝에는 내 이름도 적혀 있었다. 전화번호는 없었다. 내가 알려드리지 않았으니까. 할머니의 지독한 짝사랑이었다. 나는 내가 하는 짝사랑이 가장 아픈 것인 줄 알았는데, 가족의 짝사랑을 알았을 때, 그것도 그 대상이 나였을 때 더욱 마음이 아팠다.

*

"소리야!"

한 시간쯤 지났을까? 은율이가 내 이름을 불렀다. 회의를 마치고 돌아온 거였다.

"왔어? 생각보다 일찍 끝났네."

"그럼. 내가 진행을 잘하니까."

은율이는 눈 하나 깜박이지 않고 그런 말을 잘도 했다.

"뭐야. 그렇다 치고."

은율이와 나는 시시콜콜한 대화를 나누었다. 내가 무엇을 하고 있었는지, 또 벌레가 갑자기 내 머리 위에 떨어졌다든지. 별것 아닌 대화들로도 시간은 잘 흘러갔다. 그러다 내 팔에 모기 한 마리가 앉았다.

"어, 소리야. 팔에 모기 붙었는데?"

나는 손을 저어 모기를 날려 보냈다. 은율이가 웃으며 물었다.

"캐나다에도 모기 있지?"

"응?"

나는 순간 모기의 유무를 기억하지 못했다. '모기 그까짓 거 기억 안 나면 어때' 싶기도 하지만 나는 그곳에서 10년은 넘게 살았는데. 그 정도는 기억해야 하는 거 아닐까?

"그럼 네가 거기서 제일 좋아했던 과일은?"

"응?"

나는 그것도 대답하지 못했다. 왜지? 좋아하는 계절은 은율이를 따랐고, 그럼 과일은? 나는 처음 보는 사이, 인사치레처럼 하는 사소한 질문에도 대답하지 못했다.

"그럼 제일 좋아하는 가수는?"

자주 듣는 노래는 있었지만 가수? 가수는 누구인지 몰랐다. 그냥 이어폰을 끼면 그 노래가 나왔다. 은율이에겐 너무 쉬울 질문들을 나는 하나도 대답하지 못했다. 은율이도 적잖이 당황한 듯했다.

"괜찮아. 그런 것들 이제부터 하나씩 찾아가면 되지."

"응. 그치……."

내 대답은 나에게도 작지 않은 충격으로 다가왔다. 나는 왜 이런 것들을 잘 모르지? 쉽잖아. 쉬운 문제인데……. 나는 그제야 내가 얼마나 주변에 무신경한 사람이었는지 깨달았다. 나는 사회성이 떨어진다는 포장재로 나를 둘둘 감싼 채 살아왔다. 나를 깨닫는 건 남을 통해서도 이룰 수 있는 거였는데. '나는 그동안 뭘 했지'라는 생각이 파도처럼 밀려왔다. 나는 내 단단한 세계에서 뭘 얻었을까. 왜 주변을 둘러보지 않았을까. 내 표정이 생각보다 심각했나 보다. 은율이가 말했다.

"괜찮아. 진짜 괜찮아. 나도 내가 좋아하는 거 최근에 찾았어."

그런 말이 나를 위로해 주지는 못했지만, 은율이가 좋아하는 게 무엇인지는 궁금했다.

"네가 좋아하는 게 뭐였는데?"

"나는 사람들하고 같이 하는 거. 뭐든지 같이하는 게 좋더라."

"그래서 전교 회장도 나간 거야?"

"응 그렇지. 쪼끄만 학교 회장이긴 하지만."

은율이는 부끄럽다는 듯이 웃었다.

"근데 넌 어떻게 전교 회장이 된 거야? 한국에서는 다문화 가정 애들이 많이 못……."

나는 이 말을 입 밖으로 내곤 아차 했다. 내가 이런 말을 할 줄이야. 은율이에게 정말로 미안했다. 캐나다에서 내가 많이 받았던 질문들. 왜 이곳에 온 거야? 아시안이면 중국인이야? 혹시 너도 개고기 먹니? 그들에겐 궁금함이었겠지만 나에게는 상처로 다가온 이야기들이었다. 그런 말들을 내가 은율이에게 해버렸다.

"아, 그런 말이 아니라……. 미안 진짜 미안."

은율이는 당황하지 않았다. 대신 나에게 차분한 목소리로 얘기했다.

"괜찮아. 이제는 별로 신경 안 쓰여. 이 동네는 다문화 가정이 모여 살 거든? 그러니까 학교의 반 이상은 다른 피부색을 가진 거지. 나는 어릴 때부터 그렇게 살아와서, 내가 다르다고 느낀 적이 없었어. 근데 다른 도시 애들이랑 같이 행사한 적이 있었거든. 자매도시 같은 거로. 그때 처음으로 내가 다르다는 느낌을 받았어. 나도 할 수 있는데 자기들끼리 다하고 나한텐 쉬운 것만 주더라고. 그 친구들 입장에선 배려였겠지만 나는 아니었지. 그때 차별은 꼭 악한 의도로만 만들어지는 게 아니라는 생각이 들었어. 그 친구들도 몰라서 그런 거였겠지만……. 너 군중심리라고 알아? 누군가 어떤 행동을 시작하면 분위기에 휩쓸려서 집단 전체가 그 행동을 하게 되는 건데, 차별이라는 게 그렇거든. 수가 많은 쪽이 소수의 사람보다 우세를 잡잖아? 그러면 그걸 막기가 힘들어. 그래서 차별주의자들이 다름을 인정할 수 있는 사람들보다 소수의 집단이 되는 거. 그게 내 목표고 꿈이야."

은율이는 자신에 대한 신념을 가지고 있었다. 은율이에게서는 무엇인가 쉽게 다룰 수 없는 단단함이 느껴졌는데 이게 그것의 바탕

인 듯했다.

"너희 반 애들도 얼굴색이 좀 다를걸? 내일 한번 살펴봐."

은율이는 그렇게 말하곤 싱긋 웃어 보였다. 내가 한 말은 무례한 질문이 분명했다. 나였다면 은율이처럼 차분하게 이야기할 수 있었을까? 은율이의 미소가 부드러웠다. 오늘 밤을 무겁게 보낼 필요가 없어졌다.

은율이의 말을 듣는 동안 내 팔은 모기에 물려 빨갛게 부어올랐다. 날아간 줄 알았던 모기가 내 팔을 물었나 보다. 나는 내 주변에 모기가 있었는지도, 내 친구들의 피부색이 어땠는지도 몰랐다. 나는 그동안 얼마나 많은 모기를 지나쳐 왔을까. 그리고 그동안 그것에 관심을 쏟지 않은 이유는 무엇일까. 은율이의 이야기는 내가 나를 돌아볼 수 있게 해주었다. 모기에 물린 팔이 여전히 간지러운 채로, 우리는 집에서 집으로 돌아갔다.

처음으로

오늘도 아침이 밝았다. 평소와는 다른 새로운 아침이었다. 유난히 가벼운 몸으로 학교 갈 채비를 했다. 어제처럼 문 앞에서 은율이가 나를 불렀다. 은율이가 매일 나를 부른대도 그건 권태가 아니라 익숙함, 편안함일 것 같았다.

"엄마 다녀올게."

"응. 잘 갔다 와. 준비물 챙겼니?"

"당연하지. 간다!"

*

"오늘은 더 일찍 왔네?"

오늘은 은율이가 평소보다 일찍 나를 반겼다.

"응. 여유롭게 가면 좋잖아."

"그치. 아침에는 덜 더우니까."

지금은 팔월 중순. 여름의 더위가 마지막 힘을 쓸 때였다.

"이맘때 나무 밑에 조심히 다녀."

은율이가 말했다.

"왜?"

"매미가 떨어지거든. 머리에 툭."

은율이가 내게 말했던 것 중 가장 끔찍한 이야기였다. 뭐가 그렇게 재밌는지 내 반응을 보곤 킥킥 웃었다. 장난스럽게 하는 이야기들이 짜증나기도 했지만, 어제 내 말을 듣고도 어색하지 않게 대해주는 게 고마웠다.

"오늘도 집에 갈 거지?"

은율이가 물었다.

"가야지. 나 오늘부터 할머니 친구 분들한테 전화하려고."

내가 대답했다. 어제 은율이의 말을 듣고, 나도 그런 사람이 되기로 마음먹었다.

"오, 대단하네. 사회성 부족하다더니."

"아니거든. 이제 아니야."

"그래. ㅋㅋㅋㅋ네가 아니라면 아닌 거지."

*

"지혜야, 안녕?"

학교에 도착하곤, 늘 먼저 인사하는 지혜에게 내가 먼저 말을 걸었다.

"응! 오늘 기분 좋아 보인다."

지혜가 대답했다.

"뭐 나쁘지 않지."

나는 이렇게 말하곤 끄덕이며 웃었다.

은율이의 말처럼 우리 반 친구들은 모두 피부색이 달랐다. 이렇게 가까이에 있는 사람들을 모르고 지내왔다니. 이제라도 알게 돼서 참 다행이라고 생각했다. 그리고 피부색이 다름을 알았다고 해서 달라지는 건 아무것도 없었다.

*

"오늘 인사는 소리가 한다."

"네? 저요?"

담임 선생님의 갑작스러운 호명에 내 입은 바싹 말라갔다.

"응. 하는 거 몇 번 봤잖아. 인사!"

"네, 차렷. 선생님께 경례."

목소리를 가다듬을 겨를도 없이 말했다. 아이들의 집을 갈망하는 눈이 나를 바라보고 있었기 때문이다.

수업이 끝나고 교실을 털레털레 빠져나왔다. 학교는 재미있었지만 동시에 힘들기도 했다. 교문에는 은율이가 나를 기다리고 있었다.

"왔어? 평소보다 늦게 마쳤네."

"그런가? 그런 것 같기도 하고."

은율이와 나는 자전거를 타고 집으로 향했다.

"이인용 자전거를 하나 살까 봐. 시트가 너무 좁잖아. 불편하지 않아?"

"이인용 사면 나도 페달 밟아야겠네."

"그치. 그럼 안 밟으려고 했어?"

은율이가 황당하다는 듯이 웃었다.

"응......."

나도 뻔뻔하게 대답했다. 이제 우리는 장난을 칠 수 있는 사이가 되었다. 자전거에서의 시간은 유난히 빠르게 흐른다. 눈 깜짝할 새에 우리는 '집'에 도착했다. 책가방을 자전거에 걸쳐두고, 가방을 열어 노트를 꺼냈다. 전화번호들이 빼곡하게, 노트 한쪽을 수놓았다. 아직 전화하기는 일렀다. 나에게는 마음의 준비가 필요했다. 은율이 옆으로 가 나무에 기댔다.

"애들 정말로 그렇더라. 네 말이 맞았어. 고마워. 만난 지 좀 됐는데 이제야 알았네."

내가 고맙다고 이야기하면, 어제의 내 무례한 질문이 떠오를 텐데. 그래도 꼭 고맙다고 이야기하고 싶었다.

"뭐가? 아....... 그건 네가 안 거지. 멋지다."

멋지다. 은율이의 말이 내 가슴에 박혔다. 지금이라면 할머니 친구

분에게 전화할 수 있을 것 같았다. 그 순간만큼은 나도 멋진 사람이었다. 내 마음이 변하기 전에 재빨리 할머니 친구 분에게 전화를 걸었다. 할머니 친구는 총 6명이었다. 내 편인 친구가 3명만 되어도 성공한 인생이라고 하던데. 할머니는 6명이나 있었다. 가장 위쪽에 있었던 인옥 할머니께 전화를 걸었다.

"나 잠깐만 전화하고 올게."

나는 가만히 앉아서 전화하지 못하는 사람이다. 전화를 할 때면 어디든 빙글빙글 돌아다녔다.

010-……. 혹시라도 번호를 틀릴까 싶어 몇 번이나 확인했다. 뚜르르 뚜르르 소리가 내 귀를 타고 울렸다. 그 소리가 몇 번이나 이어졌을까? 통화 연결음이 끊어질 때쯤 철컥 하며 전화기가 들렸다.

"여보세요? 누굽니꺼?"

"안녕하세요. 저 윤애경 할머니 손녀인데요."

"손녀? 아이고 그러면 니가 소리가!"

"네. 다름이 아니라 여쭤볼 게 있어서요."

"우야꼬. 말해 봐라. 뭐를 물어볼라고."

"저희 할머니가 돌아가시기 전에요……. 혹시 할머니께 맡겨 놓은 게 있나요?"

"맡겨 놓은 거? 그런 거 없다. 왜. 뭐가 필요해서 그라노."

"아, 아니에요. 그냥 한번 여쭤본 거예요."

첫 번째 전화는 허탕이었다. 인옥 할머니에게는 선물이 없었다.

할머니는 사투리를 쓰시는데다가 말도 빨라서 내가 한 번에 이해하기란 쉽지 않았다.

"그래……. 아이고, 내가 니랑 전화를 다 해보네……. 어매 아배는 잘 계시제?"

"어머니 아버지요?"

"그래 어매하고 아배."

"어머니는 잘 지내시는데……. 아버지요?"

"와. 아버지 어디 가셨나. 내가 결혼식까지 갔었다 아이가. 마을에서 차를 대절해가."

"아……. 네. 잘……. 지내시죠."

아버지?

있는지 없는지도 몰랐던 사람을 잘 지낸다고 둘러댔다. 엄마가 결혼했다고? 난 결혼사진도 본 적이 없는데? 아버지에 관한 이야기는 들으면 들을수록 더욱 모호해져만 갔다. 나에게도 아버지가 있었던 걸까? 할머니에 대해 아무것도 얻지 못한 채 전화를 끊었다. 이렇게 하면 뭔가 나올 것 같았는데 더욱 희미해졌다. 전화를 끊은 나는 은율이 쪽으로 터벅터벅 걸어갔다. 좀 전까지만 해도 미소를 띠고 있던 내 얼굴은 복잡한 마음들이 뒤엉켜 어두워졌다.

은율이가 말했다.

"뭐 찾아낸 거 있어?"

"……"

"응? 소리야?"

"아. 뭐라고? 못 들었어."

여러 생각에 잠겨 잠시 멍했다.

"전화하고 찾아낸 거 있냐고 했어."

"아니. 그냥 좀더…… 복잡해졌어."

나는 무엇을 해야 할까? 내가 무엇을 해야 아빠와 엄마에게 닿을 수 있을까.

"왜 무슨 일인데? 내가 도와줄게."

은율이가 말했다. 그 애의 말은 항상 믿음직했다. 은율이라면 어떤 일이라도 해결해 줄 것 같았다. 그런데 이번에는 달랐다. 나도 모르는 내 가족의 일을 어떻게 은율이가 도울 수 있을지.

"내가 너한테 고민을 말하면, 들어줄 거야? 무슨 말이라도?"

비어 있던 아버지의 자리를 이제야 알아챈 것이 부끄러웠다. 내가 보는 은율이는 모든 면에서 나보다 나아서, 가끔은 은율이와 함께 있는 것이 과분하다는 생각마저 들었다.

"응. 말해도 괜찮아. 나는 진심으로 네 편이야. 네가 많이 힘들지 않았으면 좋겠어."

"그럼. 조금만 있다가…… 말할게. 오늘은 빨리 집에 갈까?"

"그래. 가자."

그냥 나 혼자 가도 되는 거였는데 괜히 은율이를 끌어들였다.

*

은율이가 나를 집까지 바래다주었다. 우리는 집에 닿을 때까지 아무 말도 하지 않았다. 은율이에게 화가 난 건 아니었지만 얘기를 하면 나도 모르게 화가 불쑥 튀어나올 것 같았다. 집 앞에서 나눈 인사를 끝으로 우리는 헤어졌다. 나는 집에 도착했으나 들어서기가 쉽지 않았다. 엄마를 보고 무슨 말을 해야 할까? 복잡한 마음에 눈을 감았다. 캄캄한 내 시야에는 질문들이 떠다녔는데, 눈을 뜨면 금세 사라졌다. 내가 그 말을 한다면? 그 후가 두려워서 나는 입을 떼지 못한다. 내 머릿속의 질문들도 그걸 아는지, 눈을 감으면 나타났다가 눈을 뜨면 사라진다. 질문들이 사라지는 건 내가 말하지 않을 것을 알기 때문일 거다. 엄마는 내가 이미 아버지가 없음을 안다고 생각할까? 그냥 내가 조용히 넘어간 것으로 아는 건 아닐까?

"소리야 왔어?"

엄마는 설거지를 하고 있었다. 텔레비전에서는 예능 프로그램이 큰 소리로 흘러나왔다.

"응. 이모는?"

"이모 토마토 농사지으러 갔지. 가볼래?"

"아니. 엄마 근데……."

"응? 왜?"

"아, 아니야."

억지로 말을 삼켰다. 말을 삼킨다는 것이 무엇인지 깨달았다. 있는 힘껏 삼켜야만 멎는 말이 있었다.

"싱겁긴……. 안 피곤해? 들어가서 좀 쉴래? 과일 깎아 줄까? 장에 복숭아가 끝물이라고 좀 사왔는ㄷ……."

엄마의 묻는 말을 듣자 갑자기 화가 치밀어 올랐다. 나는 엄마에게 그깟 질문 하나도 하지 못하는데 엄마는 나를 볼 때마다 질문을 쏟아냈다. 내 손을 있는 힘껏 꼬집었다. 참아야 했다. 엄마는 내 짜증을 견딜 수 있을 만큼 대담한 사람이 아니다. 나는 도망치다시피 내 방으로 들어갔다. 나는 저녁을 먹을 때까지 방안에 누워 아빠를 생각했다. 아빠라는 존재의 결핍보다도 이제야 깨달은 내가 더 바보 같았다. 생각하면 생각할수록 자책은 더 짙어졌다.

*

내 마음과는 상관없이 시간이 흘렀다. 어떻게 저녁을 먹었는지, 잤는지, 일어났는지, 준비했는지 분명하게 기억나는 건 없었다. 이상하게 어제는 또렷한데 오늘은 희미했다. 학교 수업을 어떻게 들었는지도 모른 채 '집'으로 갔다. 은율이도 함께였다. 우리는 금세 나무 아래에 도착했다. 평소 같았다면, 세상에서 가장 평화로운 시간이고 공간이었을 텐데.

"괜찮아? 오늘 힘들어 보이네."

"아…… 응, 좀 피곤해서."

은율이도 질문을 참는 것처럼 보였다. 나는 용기를 못 낸 거였고, 은율이는 나를 배려하는 거였다. 은율이는 망설이다 말을 건넸다.

"소리야. 그럼 오늘은 전화 안 해?"

"아, 해야지. 맞다, 해야 하는데……. 잠깐만. 하고 올게."

은율이의 말에 나는 내가 해야 하는 일이 태산임을 깨달았다. 할머니의 선물 찾기를 우선으로 두어야 할지 아버지 찾기를 우선으로 두어야 할지. 울컥 화가 솟았다. 내가 이 고생을 왜 하는 걸까. 괜히 할머니에 심술이 났다. 마음과는 다르게 손은 번호를 눌렀다. 오늘은 순자 할머니께 전화를 걸었다.

뚜르르 뚜르르 탁. 전화 연결음이 두 번쯤 울렸을까? 할머니는 전화를 받으셨다. 마음의 준비가 되어 있지 않던 나는 당황한 채로 전화를 받았다.

"여보쇼."

"여보세요? 안녕하세요. 저 윤애경 할머니 손녀인데요."

"윤애경이요? 죽은 사람을 와 들먹입니까. 누구신데요."

순자 할머니는 어제 전화했던 분과는 달리, 굉장히 날카롭게 대답했다.

"저 윤애경 할머니 손녀예요. 이소리요"

"아이고 소리라고? 언제 한국으로 왔는갑네."

"네 2주 전쯤에요."

"그래…… 니도 참 힘들겠다. 그라믄 와 전화했노."

"저, 할머니께 여쭤볼 게 있어서요."

"뭐를 물어볼라고. 아는 것이 없는 사람한테."

"저희 할머니가 돌아가시기 전에요. 혹시 할머니께 맡겨 놓은 게 있었나요?"

"아이고. 이 사람아. 그런 거 없어. 애경이 가가 얼마나 매사에 철저한데. 남한테 맡기고 그럴 애가 아녀."

"아……. 그렇구나. 감사합니다."

"지금 그라믄 민정이하고 정우도 한국에 왔는가?"

민정이는 우리 엄마의 이름이다. 그런데 정우는?

"네? 정우요?"

"아배 이름도 모르나. 이자 정자 우자 너거 아빠 이름 아이가"

"아……. 네 알죠. 그……. 잘못 알아들어서요."

"민정이 그 가시나는 성격 좀 고쳤나. 맨날 화를 바락바락 내가꼬

시집도 못 갈 거라 캤는데."

"……."

"아이고 내가 애한테 별소리를 다 하네. 요새 수확해서 한창 바쁘다 이만 끊자."

"네. 더위 조심하세요."

두 번째 전화도 허탕이었다. 내가 얻은 거라곤 아버지로 추정되는 이름이었다. 아버지는 잡힐 듯 잡히지 않았다. 나만 빼고 온 세상이 내 아버지를 아는 듯했다. 나에게는 신기루 같은 존재가 다른 이에게는 기억으로 존재했다. 그리고 엄마. 엄마의 성격이 왜? 난 엄마만큼 조심하는 사람을 본 적이 없는데. 엄마와 순자 할머니의 사이가 안 좋았던 걸까? 무거운 발걸음으로 은율이 옆에 가 앉았다. 은율아 나는 뭘 하면 될까. 그 사람이 진짜 내 아버지일까?

"할머니가 뭐라셔?"

"응……. 아무것도 안 맡겨두셨대. 말투 엄청 까칠하시더라."

"혹시 정순자 할머니셔?"

"아, 응."

은율이의 오지랖은 말릴 수 없었다. 말투만으로 사람을 알아채는 은율이를 보자니 웃음이 새어 나왔다.

"웃었다. 내가 한번 웃겼네."

"뭐 그렇다고 치고. 근데 있잖아. 내 얘기 들어줄 수 있어?"

불쑥 튀어나온 말이었다. 나 혼자 해결하려고 마음먹은 일이었는데 은율이에게 그런 말을 하게 됐다.

"응, 말해."

"있잖아. 내가 최근에 아버지에 대해 알게 됐어. 진짜 바보 같고 안 믿기겠지만 나는 아버지가 있는 것도 이제 알았어. 엄마가 나한테 한 번도 말한 적 없거든. 캐나다에서도 아빠라는 말을 한 번도 들어본 적이 없어. 가족 형태를 별로 중요하게 여기지 않아서 그런 건지 엄마 선에서 정리했던 건지, 내가 너무 생각 없이 살아온 건지…… 그래서 한국 오고 아버지 이야기를 처음 들었어. 그때 알았지. 아, 뭔가 내가 모르는 게 있구나. 우리 아빠 이름은 이정우래. 근데 더 이상은 알 수가 없어. 어떡하지? 그냥 아버지 찾지 말고 살까? 지금까지 아무 문제없었잖아."

중간쯤 말했을까? 나도 모르는 새 눈물이 뺨을 타고 흘렀다. 내가 혼자 감당하기는 힘든 일이었나 보다. 울고 있는 나에게서 이질감이 느껴졌다. 나는 몸을 들썩이지도, 소리 내서 울지도 않았다. 나는 평소처럼 말하는데 그냥 눈물이 흘렀다. 로봇이 운다면 꼭 이런 모양일 것 같았다.

"힘들었겠다. 혼자서 하기는 힘든 일이었네."

은율이의 말에 마음이 차분히 가라앉았다. 그치? 내가 이상한 게 아녔지? 은율이는 나에게 있어서 이상한 사람이다. 그 애가 가만히 내 말을 듣고 있을 때면 나는 내가 꼭 뭐라도 된 것 같다.

"소리야. 어머니께 직접 물어보는 건 어때?"

"엄마?"

괜히 잔디를 만지작거리며 물었다.

"으응. 힘들겠지만 그게 가장 좋은 방법일 것 같아. 어쨌든 그건 두 사람의 일이었잖아."

"근데……. 난 엄마한테 그런 말 못해."

"왜?"

"우리 엄만 내가 그런 말 하면 기절할걸. 한 번도 그래 본 적 없거든. 따져본 적도 없고."

"그렇구나……. 근데 해본 적 없다는 건 어떻게 반응할지 모른다는 거 아냐?"

"응?"

"한번 해봐. 네가 생각하는 것보다 더 강한 사람들이 있어. 넌 분명히 할 수 있을 거야."

"그래……. 그럼……. 지금 집에 가자. 내가 해볼게."

더는 못하겠다고 거절하기도 어려웠다. 내 마음도, 은율이도 내가 용기 내는 쪽을 원했다. 우리는 자전거를 타고 집으로 갔다. 집으로 가는 내내 마음이 갈팡질팡했다. 그냥 말하지 말까? 까짓것 한번 해볼까? 발걸음이 빨랐다. 마음이 변하기 전에 집에 가야 했다.

은율이가 집으로 향하는 나를 불렀다

"소리야. 마음먹었을 때 해내."

나는 말없이 고개를 끄덕이곤 집으로 들어섰다. 엄마는 걸레로 집 안 구석구석을 닦고 있었다.

＊

"소리 왔니? 오늘 일찍 왔……."

"엄마. 이정우 씨 알아?"

엄마의 말을 끊었다. 나는 떨리는 손을 감추기 위해 두 손을 꽉 쥔 채로 물었다. 우물쭈물하다간 오늘도 말하지 못할 것 같아서 엄마를 보자마자 말을 뱉은 거였다. 내 말은 조용한 공기를 타고 엄마의 귀로 전해졌다. 그 공간에는 슬금슬금 바닥을 닦는 걸레의 소리, 떨리는 내 목소리, 마음을 알 수 없는 엄마만이 존재했다. 내 말이 귀에 닿은 순간 엄마의 눈동자가 흔들렸다.

"그 사람이 내 아빠야?"

엄마는 아무 말도 하지 않았다. 엄마는 잠깐 멈칫했다가 다시 걸레질을 시작했다.

"그런 건 어디서 들어서……."

엄마의 얼굴은 너무도 평온했다. 그 평온한 얼굴이 오히려 나를 더 흥분시켰다. 나는 이렇게 다급한데, 엄마의 힘없고 느긋한 표정은 언제나 내 마음을 다 꿰뚫는 것처럼 느껴졌다.

"그 사람이 내 아빠냐고."

분명 내 말을 들었을 텐데 엄마는 한참 동안 말이 없었다.

"그 사람이……."

내가 한 번 더 물으려는 찰나에 엄마가 대답했다.

"엄마가 말할게. 가방 두고 와."

나는 내가 할 수 있는 한 가장 빠르게 가방을 던져두고 나왔다.

내가 엄마의 곁에 다가가 앉았을 때, 엄마는 비로소 이해할 수 없는 이야기를 시작했다.

우리는 낮에도 꿈을 꿔요

"네 아빠 맞아. 이정우. 기억은 나지 않겠지만 우리 세 사람이 함께 살았어. 다른 가족들처럼 평범하게 맛있는 것도 사 먹고 여행도 다니면서. 그런데 네가 4살까지 한 달을 남겼을 때, 정우 씨하고 내가 정말 심하게 싸웠어. 엄마는 항상 투덜대고 남에게 상처 주고, 강요하는 투로 말하는 사람이어서 우리는 항상 내 말투를 가지고 싸웠거든. 그날도 그 일로 싸웠어. 넌 말투 좀 고치라느니. 애가 보고 배운다느니. 정우 씨는 그런 말을 했고, 난 지지 않으려고 정우 씨가 싫어했던 말만 던졌어. 그때는 출근 시간이라 사과할 시간도 없이 정우 씨는 화가 난 채로 집을 나섰어. 그런데 그날은 정말…… 이상했어. 그때가 11월 말쯤이었는데 그날따라 이상하게 눈이 펑펑 오더라. 11월에는 눈이 오는 걸 본 적이 없는데. 지금 생각해 보면 눈 오니까 운전 조심하라고 문자 한 통이라도 할 걸 싶어."

엄마가 무슨 말을 하는지 몰랐다. 나에게 아빠가 있는 게 맞다니. 내 귀에는 그것만 들렸고, 배신감이 파도처럼 밀려왔다. 나에게 가족은 엄마 하나밖에 없었는데, 그건 엄마가 내 가족을 숨긴 거였다. 아빠는 어떻게 된 걸까. 별말을 하지 않았는데도 엄마는 숨이 찬 듯 보였다. 엄마는 숨을 몇 번 고른 후 다시 이야기를 시작했다.

"그렇게 나간 지 30분 정도 지났을까? 병원에서 전화가 오는 거야. 정우 씨가 사고가 났다고. 엄청 큰 트럭에 박았대. 전화 받고 급하게 택시를 타고 병원으로 가는데 다 내 잘못 같았어. 내가 정우 씨에게 못된 말을 하지 않았더라면, 그래서 좀더 빨리 나갔더라면, 운전 조심하라고 문자 한 통 보냈더라면. 처참하더라. 의사들이 몇 명이나 붙어 있는데, 의사들도 나도 할 수 있는 게 없었어. 사고 충격이 너무 커서 손을 쓸 수도 없나 보더라고. 그래서…….”

　엄마는 차마 죽었다는 말을 하지 못했다. 아빠는 돌아가셨구나. 이야기를 듣는 동안 내 마음에는 구멍이 나서 모든 것이 빠져나가 버린 것 같았다. 엄마는 담담했다. 오히려 더 말을 꺼내지 못한 건 나였다. 은율이의 말이 맞는 걸까? 엄마가 생각보다 더 단단한 사람인지. 아니면 아무렇지도 않게 이런 이야기를 할 수 있을 만큼 매일 그 일을 되새겼을지는 모르는 일이었다. 아까의 나처럼 엄마의 눈에서는 눈물이 흘렀다. 엄마는 먼지 묻은 걸레를 만지작거릴 뿐이었다. 내가 물었다.

　“그럼 왜 나한테 안 알려줬는데? 캐나다로는 왜 간 거고?”

　“정우 씨 장례까지 다 치르고 엄마 집으로 들어갔어. 그 집에서 도저히 살 수가 없어서. 그런데 나는 엄마 집에 가서도 괴팍한 말투로 말하고 있더라. 정우 씨를 그렇게 만든 건 내 말투였는데 말이지. 그 말을 듣는 엄마도 힘들었겠지만 나도 정말 힘들었어. 내가 뱉은 말에 내가 자책하고. 점점 더 깊은 구덩이로 떨어지는 느낌이었어. 어떻게든 말투를 꼭 고쳐야겠는데, 한국에선 안 되겠더라고. 내 주변엔 평생 그런 말투를 듣고 살아온 사람밖에 없으니까 그 사람들한테는 내 말투가 이상하다고 느껴지지 않는 거야. 그래서 무작정 캐나다로 떠났어, 한국에 살면서 아빠 없다고 손가락질 받을 네가 걱정된다는 핑계를 대면서……. 캐나다로 떠날 때 엄마한테 말 안 했거든. 그냥 새벽에 짐 싸서 나왔어. 그래서 한국으로 돌아오라고 했을 거야. 정우 씨 죽고 정신도 온전치 않은데 아기를 데리고 외국에 나가 산다고 하니까. 지금 생각해 보면 정말 무모하고 바보 같은데. 그때는……."

그랬구나.

별생각이 들지 않았다. 엄마가 그래서 그랬구나.

괜히 방바닥을 손으로 비비며 말했다.

"…… 말하지. 이해해 줄 수 있는데."

"네가 캐나다에서, 아시안이라고 놀림 당할 때마다 고민을 많이 했어. 괜히 여기 와서 네가 더 힘든 건 아닐까 하고. 매일 밤에 내일은 꼭 말해 줘야지. 내일은 꼭. 꼭. 다짐했는데, 네 얼굴을 보면 말하기가 쉽지 않았어. 정말 미안해. 엄마가 도망쳐서 미안해."

엄마의 이야기를 듣고 나면 엄마에게 화를 내고, 원망을 퍼부을 줄 알았는데. 나는 엄마가 이상하게 밉지 않았다. 그게 엄마가 할 수 있는 최선의 선택이었다고 믿는다. 캐나다를 가지 않았다면 나는 살아 있는 할머니와 함께 살고, 은율이를 좀더 빨리 만났을지도 모른다. 하지만 이 삶도 나름대로 괜찮았다. 어쨌든 우리는 만나게 되었다.

"괜찮아. 다시 왔잖아. 여기서 살면 돼."

내 말에 엄마 마음속의 빙하가 녹아 얼음이 되고, 얼음이 녹아 물이 되었다. 물은 엄마의 뺨을 타고 흘러나왔다. 크지 않은 얼음이 녹아 엄마를 떠나기까지 참 오랜 세월이 걸렸다. 엄마나 내가 조금 더 빨리 용기를 냈더라면……. 이제는 다 괜찮았다. 거슬렸던 엄마의 말투는 삶을 위한 온갖 노력이었다. 내가 엄마의 모든 것인 만큼 엄마도 내 모든 것임을 알아줬으면 좋겠다는 생각이 간절했다. 마루 밖으로 보이는 해는 하늘을 물들였고, 우리는 가만히 그걸 바라보았다.

*

오늘은 주말이었는데도, '집'으로 갔다. 은율이에게 잘 해냈다고 알려 주고 싶었다. 자랑하고 싶었다. 은율이를 보기 위해 '집'으로 가면서도 은율이가 거기 있는지는 확실하지 않았다. 왠지 거기에는 은율이가 있을 것 같았다.

"소리야!"

정말이었다. 그곳에는 은율이가 있었다.

"은율아. 주말에도 여기 오는 거야?"

"아니. 왠지 너 올 것 같아서."

은율이도 나와 같은 생각을 했다. 나는 은율이가 올 것 같아서, 은율이는 내가 올 것 같아서 이곳에 왔다.

"안 오면 어쩌려고."

나는 말은 그렇게 하면서도 내심 기분이 좋았다. 은율이도 내가 와서 다행인 것 같았다.

"그래서. 어머니께 말씀드렸어?"

"……."

은율이를 놀리고 싶다는 마음이 들어 괜히 뜸을 들였다.

"못했구나……. 괜찮아 다음에 또 하면 되지."

"했어. ㅎㅎ 어제 엄마랑 이야기도 많이 했고."

"정말? 다행이다. 걱정했거든."

내가 은율이를 어른처럼 느끼는 순간들이 있는데, 그게 꼭 지금 같을 때다. 더 궁금할 법도 한데 은율이는 거기까지만 물어보았다.

"난 자꾸 받기만 하는 것 같네."

"아니야. 별말을."

은율이는 쑥스러운 듯 고개를 숙였다.

"내가 뭐 도와줄 거 없을까?"

나의 질문에 은율이는 잠시 고민하더니 입을 열었다.

"음……. 영어 수행평가. 나 제일 못하는 과목이 영어거든. 좀 의원가?"

"영어는 내가 도와줄 수 있지. 수행평가가 뭔데?"

"10줄 이상 영어로 글 써서 발표하기."

"오……. 어려운 거네."

은율이가 웃었다. 이걸 내가 해야 한다니 같은 말이 담겨 있는 웃음이었다.

"그러니까 네가 나 좀 도와줘."

"당연하지. 언제까지 해야 하는데?"

"다음다음 주 월요일까지."

"오늘이 토요일이니까……. 일주일? 정도 남았네."

"그치. 근데 너 할머니하고 계속 전화해야 하지 않아?"

"그렇긴 한데……. 나도 한번은 도와주고 싶어서."

나는 원래 알뜰살뜰 남을 챙기는 사람이 아니었다. 오히려 '인생은 혼자'라는 생각을 하는 사람이었다. 이곳에 오고 나서 내가 달라졌다는 것을 느꼈다.

"오, 뭐야……. 감동인데."

감동이라는 말을 들으니 멋쩍었다. 나에게 있어서는 쉬운 일이었으니까 감동까지 받을 필요는 없는데.

그러고 보니 은율이가 내게 해주었던 일들도, 은율이에게는 쉬운 일이었다. 그렇다고 해서 은율이가 해주었던 일들이 고맙지 않은 게 아닌 것처럼. 은율이도 내게 고마움을 느끼는 거다. 우리에게 쉬운 일이 달라서 참 다행이라고 생각했다.

"그건 그렇고. 핸드폰도 있는데 왜 미리 연락 안 했어?"

내가 물었다. 그렇게 말하면서, 연락하지 않은 건 나도 마찬가지였다.

"뭔가 연락 안 해도 올 것 같았어. 너는 왜 안 했는데?"

"나도. 그냥 있을 것 같았어."

"없으면?"

"없으면 혼자 있다가 오는 거지. 혼자 있는 것도 좋던데?"

마음에도 없는 소리를 했다. 같이 있는 게 훨씬 좋았다.

"그치. 혼자 있는 것도 괜찮지. 그래도 혼자 있으면 심심할걸?"

은율이가 말했다. 나는 그 말에 동의한다는 뜻으로 고개를 끄덕였다.

그날을 기점으로, 우리는 연락하지 않고도 함께 하는 날이 많아졌다. 학교를 마치고 항상 그곳에 가기 때문도 있지만 그렇지 않은 날에도 거기에는 내가 있었고 은율이가 있었다. 하지만 매일 그런 것은 아니었다. 어느 날은 아무리 기다려도 은율이가 오지 않았는데, 내 마음도 덩달아 촉박해졌다. 혼자 있는 게 더 좋다는 건 순전히 거짓말이었다. 하지만 시간이 흐르고, 은율이는 나무에 왔다. 내가 늦든, 은율이가 늦든. 어쨌든 우리는 함께였다.

이런 일들이 몇 번 반복되자, 처음의 촉박함은 그리 고통스럽지 않은 감정으로 바뀌었다. 내가 은율이를 부르지 않아도 은율이는 언젠가 나무 아래로 온다는 것을 깨달았기 때문이다. 연락을 해두지 않고 은율이를 기다리는 막연함과 초조함이 좋았다. 그 애가 올 걸 알았으니까 좋을 수 있는 감정이었다.

　　*

시간은 흘러서 내가 은율이를 돕는 날이 되었다. 영어는 자신 있었지만, 누군가에게 가르쳐 본 적은 없었다. 은율이 뿐만 아니라 다른 친구들도 모인다고 해서 조금은 긴장이 되었다.

"소리야. 내일 나 영어 가르쳐 주는 거 말이야."

"응. 왜?"

"내 친구들도 가도 돼? 우리 반 애들. 네가 도와준다고 하니까 자기들도 따라간다고."

"그 친구들도 영어 잘 못하는 거야?"

"뭐 그렇긴 한데……. 너랑도 친해지고 싶어 하는 거 같더라."

"아……."

"불편하겠지? 안 된다고 할게."

"아니야. 같이 하자."

어제 은율이와 내가 나눴던 대화다. 이왕 돕는 거 확실하게 돕자고 생각한 것도 있지만, 은율이의 친구들을 알고 싶었다. 두려움보다는 긴장과 설렘이 더 컸다. 집에 가방을 두고 은율이 집의 초인종을 눌렀다. 벌컥 하고 문이 열렸다.

"왔어? 들어가자."

문을 열고 나온 사람은 은율이였다. 처음 보는 누군가가 나오면 어떻해야 할지 긴장하고 있었는데.

집에 들어가니 은율이의 어머니가 나를 반겨주셨다.

"안녕하세요. 이소리입니다."

"응. 소리구나. 반가워 은율이가 이야기 많이 했어."

은율이의 어머니와 간단한 인사를 나누고, 은율이의 방이 있는 2층으로 올라갔다. 계단을 오르면서 내가 물었다.

"혹시 어머니가 어느 나라 분이셔?"

"필리핀. 내가 전에 말 안 했었나?"

"응, 처음 들었어. 근데 필리핀은 영어 쓰지 않나?"

"응. ㅋㅋ 그래서 내가 영어 못하는 게 이상하지 않냐고 물은 거였는데."

"아 ㅋㅋㅋㅋ. 그래서 그랬구나."

계단은 많지 않아서 몇 마디의 대화만으로도 오를 수 있었다. 우리는 어느새 은율이의 방문 앞에 서 있었다.

"진짜 괜찮은 거 맞지?"

은율이가 물었다.

"당연하지. 친구도 사귀고……."

말은 그렇게 했지만 내 손은 땀으로 흥건했다.

은율이는 내 앞에 서서 방문을 열었다. 은율이의 방에는 4명의 친구가 있었다. 나와 은율이를 포함하면 총 6명이었다. 넓지 않은 방안에 6명이 모여 앉으니 꽤 후덥지근했다.

"은율아, 창문 연다?"

"응, 다들 소리한테 인사해. 우리랑 동갑이야."

"뭐래. 알거든?"

"소리야, 안녕. 나는 지은이고, 얘는 승빈이, 채은이, 민수야."

"아, 그렇구나. 반가워."

나는 내가 할 수 있는 가장 기분 좋은 표정을 지었다.

"그럼 우리 숙제할까?"

내 말에 아이들은 나지막이 한숨을 쉬었다.

"벌써? 좀만 놀다가 하자……."

채은이가 말했다. 다른 친구들도 거들었다.

"학교 마치고 왔는데 바로 하는 건 좀……. 게임이라도 하자."

"소리야, 그럴래?"

은율이가 물었다.

"좋지. 근데 나 한 번도 안 해봐서……."

"우리가 가르쳐줄게. 하나도 안 어려워."

한두 시간은 그것만 하고 놀았던 것 같다. 은율이가 나를 많이 도와주었다. 은율이가 없었다면 혼자 외로웠을 것 같은데, 놀다 보니 처음 본 친구들과도 많이 친해질 수 있었다. 우리는 연락처를 주고받을 정도로 가까워졌다.

"어때? 재밌지?"

"응, 재밌네."

"그치. 다음에 또 하자. 처음인데 이 정도면 엄청 잘하는 건데"

"ㅎㅎ 근데……. 지금 시간이. 서둘러야겠다. 내일 내는 거라며?"

"오케이, 빡공한다."

빠공이 무슨 말인지는 몰랐지만, 열심히 한다는 뜻인 것 같았다.

놀던 아이들은 어디 가고 모두 눈에 불을 켰다. 난 도와주는 역할만 하면 되었다.

"소리야. '나는 등산을 하곤 했다' 이 문장 어떻게 적지?"

"그거 used to 써서……."

다들 서둘러 글을 써 가는데 은율이만 머뭇거리고 있었다. 나는 은율이에게 다가가 작은 소리로 물었다.

"무슨 일 있어? 안 쓰고 있길래."

"아, 잘 몰라서."

"도와달라고 하지. 뭘 모르는데?"

"좀……. 부끄럽잖아. 이거 어떻게 써야 하는지 모르겠어."

"소리야. 우리 중에 얘가 제일 못해."

지은이가 웃으며 건넨 말에 은율이의 얼굴이 붉어졌다. 처음 보는 은율이의 모습이었다. 평소에는 부끄러움도 없는 것 같았는데, 은율이에게도 이런 모습이 있었다.

열심히 친구들을 돕다 보니, 어느새 달이 떠올랐다. 해가 짧아질수록 여름이 끝나가고 있음을 느꼈다. 비록 은율이를 따라, 내가 가장 좋아하는 계절은 여름이 됐지만 떠나가는 것을 보니 아쉬웠다. 나무 그늘서 아무 생각 없이 앉아 있는 날도 짧아지고 있다는 거였다.

"소리야 오늘 고마웠어. 내일 보자."

"응. 학교에서 보면 인사할게."

친구들은 하나둘 짐을 싸서 집으로 돌아갔다. 나도 집으로 갈 채비를 했다.

"오늘 고마웠어. 원래 그 정도로 못하는 건 아닌데. 약간 긴장돼서."

은율이가 변명을 하며 웃었다.

"뭘. 잘하던데? 내가 못할 때 네가 같이 있어 준 것처럼, 나도 그럴게. 너무 걱정하지 마."

내가 말하고도 조금 쑥스러웠지만, 표정으로 드러내지 않기 위해 최선을 다했다. 혹시라도 은율이를 비웃는 것처럼 느껴지면 큰일이었다.

"가볼게. 내일 보자."

"저……. 소리야."

"응?"

"아니야. 아무것도."

"뭐야. 그럼 간다?"

은율이가 어색하게 웃었다. 은율이의 마지막 말이 마음에 걸리긴 했지만…… 고맙다는 말을 전하려고 했던 거라고 생각했다. 집으로 향하는 길에 나는 이런 마음이 들었다. 늘 부족했던 내가 오늘만큼은 다른 이에게 나눠줄 수 있을 만큼 가득 찬 사람이 되었다고. 새로운 사람이 된 것만 같았다. 아까의 찜찜한 기분은 사라지고 밤공기처럼 신선한 기분만이 남아 있었다.

*

다음날은 학교를 마치고 은율이와 '집'으로 향했다.

"소리야, 이제 할머니 선물 찾는 것만 남았네?"

"응. 할머니 선물까지 다 찾고 나면, 버스 타고 놀러 가자. 바다도 가보고, 서울도 가보고."

"그래⋯⋯. 그러자."

이제 할머니의 선물만 찾으면 되는 거였다. 할머니의 선물을 찾고 나서 은율이와 함께 보낼 즐거운 시간을 상상했다. 그동안 부지런히 전화해 온 덕에 오늘이 전화를 하는 마지막 날이었다. 마지막 전화 속에는 기쁨과 두려움이 함께 담겨 있었다. 드디어 끝이라는 기쁨과 혹시 이 할머니도 아니라면 나는 어떻게 해야 할까 하는 두려움.

"은율아, 오늘이 마지막 전환데⋯⋯. 이번에도 아니면 어떡하지?"

"일단 한번 해봐. 이 할머니일지도 모르잖아."

은율이는 그렇게 말하고 웃어 보였다. 은율이의 웃음을 보니 괜히 나도 안심이 되었다. 은율이가 웃을 때면 무서운 일도 별것 아닌 일이 된다.

"응. 전화해 볼게."

마지막 전화인 만큼 번호를 더 신중하게 눌렀다. 목소리도 몇 번 가다듬은 뒤에 전화를 걸었다.

"여보세요?"

"예. 누구십니까"

"안녕하세요. 저 윤애경 할머니 손녀인데요."

"윤애경이? 죽은 사람 말하는 거 맞습니까?"

"네. 저는 캐나다 살다가 들어온⋯⋯."

"소리가? 전화하는 사람이 이소리?"

"네. 이소리 맞아요."

"소리야. 안 그래도 들어왔다는 말은 들었는데. 잘 지냈나."

"네. 할머니 다름이 아니라⋯⋯. 제가 물어볼 게 있어서 전화 드렸는데요."

"어어. 뭐고. 물어봐라."

"저희 할머니가 돌아가시기 전에 뭐 맡겨 놓은 게……. 있었나요?"

"그런 거 없는디?"

"아……. 없구나. 할머니가 친한 친구 분께 맡겨 놓으셨다고 하셔서."

"뭐시. 우리랑은 가아끔 봤지."

"아. 그럼 혹시 할머니하고 친했던 분이 있을까요?"

"인옥이하고. 진애하고 친했지. 이 동네에서 살았으니께."

"이미 전화했는데……. 혹시 다른 분은요?"

할머니 옆에는 다른 할머니들도 모여 있는 듯했다. 전화기 너머 웅성웅성 대는 소리가 들렸다.

"가. 아녀? 남자애."

"오메. 그런가베. 소리야. 니 은율이라고 아나?"

"네?"

"은율이라고 니랑 동갑인 애가 있는데. 너거 할머니는 가하고 많이 있었거든. 우리보다는."

"가랑 제일 친했지 싶은데……. 맡겨도 가한테 맡겼지 우리는 아니여."

"아……. 은율이요?"

"어. 은율이라고 키 큰 남자애 한 명 있다."

"네……. 네 감사합니다."

전화를 끊으니 은율이를 처음 만났던 날, 은율이가 했던 이야기가 떠올랐다.

'우와……. 여기서 다 보네. 할머니가 나한테 너 엄청 자랑하셨거든. 궁금했는데.'

은율이는 내게 이미 말한 적이 있었다. 할머니가 내 자랑을 할 만큼 둘은 친밀한 관계였다고. 핸드폰을 잡은 손이 떨렸다. 나는 아무렇지 않은 척 은율이에게 다가갔다.

"할머니가 뭐라서?"

"은율아."

"응?"

"혹시……. 너한테 할머니 선물 있어? 할머니가 너한테 맡겨 놓으신 거야?"

"아……. 찾았네. 선물 나한테 있어."

은율이는 내게 미소를 지어 보였다.

"할머니가 부탁했어. 절대 말하지 말라고. 너 혼자 힘으로 찾을 수 있었으면 좋겠대. 그래서 말 못했어. 미안해."

"너였구나."

나도 웃음이 새어 나왔다. 은율이를 옆에 두고 먼 길을 빙빙 돌았다. 은율이는 자기가 줄 수 있는 최대한의 힌트를 주고 있었는데. 몰랐던 건 나였다.

"아, 뭐야."

웃으면서 괜히 머리를 부여잡는 모양을 했다.

"지금 줄까? 선물?"

"응. 좋지."

우리는 그렇게 은율이의 집으로 향했다. '미리 좀 말하지' 하는 괜한 원망을 하면서.

＊

은율이는 나에게 연필깎이 크기쯤 되는 상자를 건넸다.

"자. 열어봐."

도대체 어떤 선물이기에 이렇게 뜸을 들이신 걸까. 괜히 심장이 뛰었다. 침을 한번 삼키곤 상자를 열었다.

상자 안에는 할머니의 편지와 카메라, 코팅된 종이들이 빼곡하게 놓여 있었다.

소리야. 네가 이 선물을 찾았을 때쯤에 은율이와 친한 친구가 되어 있으면 좋겠다. 은율이처럼 멋진 아이가 너한테 큰 힘이 될 수 있었으면 좋겠어. 할머니는 소리를 생각하면서 보라색 꽃밭을 키웠는데, 그때마다 꽃잎을 말려서 모아두었어. 언젠가 소리도 이 꽃을 볼 수 있었으면 하는 마음으로. 손 코팅지로 하다 보니 울퉁불퉁하고 못난 것도 많지만……. 할머니는 꽃을 키운 게 아니라 소리랑 함께했었던 거로 생각해. 뒤에 짤막한 글귀는 참 좋은 글만 실어놓았어. 꼭 한번 읽어보기를. 소리야 늘 사랑한다. 고마워안녕.

할머니의 선물은 돈도, 금도 아니었다. 할머니는 할머니의 시간을 선물했다. 나에게는 무엇보다도 귀중한 선물이었다.

"은율아 고마워. 네 덕분에 할머니 선물도 찾고, 또……."

"뭘. 미리 못 말해서 미안해."

"할머니가 부탁하셨다며. 미안해할 필요 없어."

은율이를 만나고서 나는 꽤 여유로운 사람이 되어 있었다.

"근데 있잖아……. 소리야."

은율이가 쭈뼛거렸다. 내게 할 말이 있는 것 같았다.

"응. 왜?"

"나 필리핀……."

"응?"

"필리핀으로 가야 할 것 같아."

궁금할 때가 있어

"뭐라고? 필리핀? 필리핀은 왜 가는데?"

"우리 엄마 나라잖아. 필리핀. 엄마 아빠 결혼할 때 얼마 동안 한국에서 살고 나면, 필리핀 가서 살기로 했나 봐. 나도 며칠 전에 알았어. 너 우리 집에 왔던 날 말하려고 했는데."

은율이의 말을 듣자마자 나에게는 이기적인 생각들만이 피어올랐다. 그럼 나는? 너 없으면 나는?

"미안해."

은율이의 문제가 아닌 걸 아는데도 은율이가 미웠다.

"…… 언제 가는데?"

"금요일에."

"이번 주? 이번 주 금요일에 가는 거야?"

은율이는 그렇다고 했다. 우리에게 남은 시간은 고작 3일이었으며 원망으로 채우기에는 너무 짧은 시간이었다. 그래서 나는 끝까지 은율이를 미워할 수 없었다.

캐나다에서 터닝 포인트에 대해 생각해 본 적이 있었다. 터닝 포인트는 어떤 상황이 다른 방향이나 상태로 바뀌게 되는 계기라고 했다. 나는 그 말에 대해 생각할 때마다 시시한 내 삶에도 터닝 포인트가 찾아올까, 늘 의심했었다. 그런데 한국에 오고부터 내 삶은 달라졌다. 정확히 말하면 은율이를 만나고부터였겠지만. 은율이는 내 삶의 터닝 포인트고, 친구고 또 가족이었다. 그런 은율이가 떠난다고하니, 나는 어떻게 해야 할지 모르겠다. 막막한 기분이 들었다. 너 없는 나는 예전으로 다시 돌아가 버리는 건 아닐까.

은율아 나는 어떻게 해야 해?

나는 손톱을 만지작거리며 은율이와의 대화를 이어갔다. 안 가면 안 되냐고. 가지 말라고 하고 싶은 맘을 꾹 참고 은율이에게 물었다.

"그럼……. 지금 가면 언제 오는데?"

"어른 될 때까지는 거기 살지 않을까. 혼자 한국 올 수 있을 때까지."

말끝마다 침묵이 이어졌다. 누가 울어도 이상하지 않을 분위기였다. 나는 애꿎은 손톱을 뜯었고 은율이는 머리를 넘겼다. 그리고 나는 집으로 왔다.

이제 내 할 일은 모두 끝났다고 생각했다. 아빠도, 할머니의 선물도 찾았다. 내게 남은 일은 은율이와 즐겁게 지내는 것뿐이었다. 어쩌면 내가 유난 떨고 있는 것인지도 몰랐다. 우리는 한 달 남짓한 시간을 함께했고, 누구에게 한 달이란 그리 긴 시간이 아니다. 은율이가 떠나고 나는 그 애를 곧 잊지 않을까? 내가 할머니를 잊었던 것처럼 언젠가는 내 머릿속에서 사라져버리지 않을까? 그런 생각을 하며 스스로를 달랬지만 말도 안 되는 소리라는 걸 알았다. 은율이는 함께 보낸 시간 그 이상의 존재였다.

*

시간은 우리를 기다려주지 않았다. 결국 우리에게도 마지막은 찾아왔다. 은율이의 친구는 나뿐만이 아니었다. 은율이는 지난 이틀 동안 구석구석 인사를 다니느라 바빴고, 우리는 아침에만 겨우 볼 수 있었다. 그리고 오늘, 은율이의 마지막 날은 내가 함께하게 됐다. 은율이가 떠나기 전 마지막으로 둘만 있을 수 있는 조용한 시간이었다. 마지막 하루 동안 은율이와 나는 무엇을 할지 생각했다. 버스를 타고 다른 지역에 가볼까? 아니면 바다라도 보고 올까? 곰곰이 생각하던 우리는 특별한 것을 하지 않기로 했다. 처음 만났던 그 날처럼 나무 아래에서 마지막을 보내기로 했다. 거기는 우리가 가장 많이 담겨 있는 곳이니까. 우리는 나무 아래로 갔다.

"이제 진짜 가네. 은율아."

나는 실감이 나지 않았다. 한 달 사이 나에게는 너무 많은 일이 일어났다.

"응. 진짜 가네."

"근데……. 안 가면 좋겠어. 그냥 여기 있었으면 좋겠어."

나도 모르게 그런 말이 불쑥 튀어나왔다. 달라지는 건 없을 텐데도.

"나도. 여기서……."

은율이가 말을 하다 말았다. 바람은 여느 날과 다름없이 따뜻했고, 잔디들은 푸르렀지만, 왠지 쓸쓸함이 우리 사이를 채웠다. 이별 앞에서는 함께 있어도 외로울 수 있었다. 그런 말을 한 건 나인데도 분위기가 무거워져 말을 돌렸다.

"그래도 우리 계속 연락할 수 있는 거잖아. 그치?"

"응. 연락은 할 수 있을 거야. 너 매일 해줄 거야?"

"뭐. 심심하면. 그때 할게."

괜히 그렇게 말했다. 은율이는 살짝 웃었다.

"소리야. 너 다른 친구들하고도 잘 지내."

괜히 울컥했다. 네가 떠나면서도 나를 걱정한다는 게 슬펐다.

내가 너를 도와주러 갔었던 날. 친구들이 은율이를 찾아온 게 아니라 은율이가 친구들을 불렀던 게 아닐까 하는 생각을 했다. 은율이가 가고 내가 다시 혼자가 되지 않도록. 뉘엿뉘엿 해가 지는데 은율이가 이상한 말을 했다.

"소리야, 있잖아, 우리가 영화를 봤다고 생각하자. 영화가 끝나도 어떤 사람들은 계속 거기에 남아 있잖아. 우리가 그러자."

은율이는 우리가 보낸 시간을 영화라고 생각하자고 했다. 우리가 보낸 시간이 꼭 영화 같기는 했다. 나는 다시 물었다.

"남아 있다가 나가라고 하면? 그때는 어떻게 해?"

"그때는……. 다른 영화를 보면 되지. 내가 다시 너를 만나러 오면 다른 영화를 보자."

우리가 보냈던 시간을 마음 한구석에 간직하다가 언젠가 은율이가 돌아오면 그때 더 깊은 추억들을 쌓자고. 그게 은율이의 마음이었다. 내 마음도 그랬다. 은율이가 그런 말을 하니까 은율이가 떠난다는 게 정말인 것 같았다. 그리고 내가 꿈같은 시간을 보냈다는 걸 알았다. 목적도, 아무 생각도 없이 누군가와 함께할 수 있다는 건 큰 선물이었다. 우리는 그런 대화를 나누며 집으로 걸어갔다. 은율이는 일부로 자전거를 가져오지 않은 듯했다. 걸으면 걸을수록, 집이 가까워지면 가까워질수록 발걸음을 늦췄다.

"소리야. 고마웠어."

내가 해야 할 말이었다.

"나도, 그……."

나는 말을 하려다 말았다. 은율이에게 해주고 싶은 말이 있었는데. 말을 하는 대신 가방에서 이어폰을 꺼냈다. 그리고 한쪽을 은율이의 귀에 꽂았다.

"너 영어 못한다며. 이 노래는 해석하기 쉽더라."

분위기에도, 내 마음에도 어울리지 않는 핑계를 대며 이어폰을 꽂았다.

'Don't be afraid yeah I'll stay'

노래는 이렇게 시작했다. 내가 여기 처음 왔던 날, 은율이가 해주었던 말이다. 지금 내가 가장 해주고 싶은 말이기도 했다.

이어폰을 나눠 낀 탓에 한쪽 귀로는 바깥의 소리가 들어왔다. 느리지만 움직이고 있는 구름, 한쪽 귀에서 흘러나오는 노래와 느슨한 이어폰 줄이 시간을 멈추고 싶게 했다. 노래가 끝날 때쯤 서로의 집에 도착한 우리는 마지막 인사를 나눴다. 우리는 꼭 내일 다시 볼 사람처럼 덤덤하게 인사를 했다. 하지만 우리의 헤어짐이 덤덤한 일이 아니라는 건, 서로가 가장 잘 알고 있었다. 은율이의 뒷모습이 눈에 보이지 않을 때까지 한참을 바라보았다. 나는 마음속으로 은율이의 행복을 수십 번 빌면서도, 바보같이 직접 말하지 못했다. 내 목소리로 전해 주었으면 좋았을 것을 은율이가 떠나고 몇 번이나 후회했지만 그게 내가 할 수 있는 모든 것이었다. 노래 제목도 알려 주지 않았다. 혹시라도 네가 그 노래를 찾아볼까 봐. 그럼 또 모든 마음이 드러나니까. 그러면서도 나는 네가 내 마음을 알아주길 바란다. 나는 모르는데, 너는 알 것 같다.

여름을 닮은 소리에게

소리야 안녕. 나 은율이야. 사실은 너를 처음 봤을 때, 네가 소리
라는 걸 한 번에 알았어. 그런데도 모른 척 인사해서 미안해. 사진
으로만 보던 네가 내 눈앞에 있는 게 얼마나 신기했는지 몰라. 16
년, 길지도 짧지도 않은 시간 중에서 너랑 보낸 한 달이 가장 즐거
웠어. 고마워. 내가 필리핀에 간다고 빨리 말하지 않은 건 네가 힘
들지 않았으면 해서였어. 우리'집'에 처음 갔던 날 넌 나무에 기대
서 잤지? 그때 네가 자면서도, 가지 말라고 무섭다고 말했어. 캐나
다에서 네가 보냈을 외로운 시간을 다 잊게 해주고 싶었어. 성공했
는지 실패했는지는 잘 모르겠지만, 내가 본 너는 한 달 새 많이 바
뀌었어. 웃는 날이 많아졌고, 친구도 생겼고 용기도 냈어. 아무튼,
네가 해낸 게 엄청 많다는 사실을 알았으면 좋겠어. 소리야, 봄이
오면 봄을, 여름이 오면 여름을, 가을이 오면 가을을, 겨울이 오면
겨울을 좋아해 봐. 가끔 시간이 나면 내 생각도 해줘. 소리야, 정말
고마웠어. 빨리 돌아올게!

여름의 끝에서, 은율이가

소리와 은율이가 집으로 삼았던 나무를, 수양버들이라고 생각하며 글을 썼습니다. 얇게 늘어진 버드나무 잎 사이로 빛이 새어 들어올 때면 저도 종종 시간이 멈춘 듯한 느낌을 받기 때문입니다. 재생과 치유를 상징하는 버드나무는 서로의 상처를 보듬며 성장한 소리, 은율이와 많이 닮아 있었습니다.

사실은 처음 책을 쓸 때 제 이야기에 대한 확신보다는 두려움이 컸습니다. 내가 정해진 분량만큼 글을 써낼 수 있을까? 내 글이 책에 실릴 만한 가치가 있을까? 그런 두려움들은 글을 써가며 점차 사라졌습니다. 책을 써가면서 '내가 이런 것도 해낼 수 있구나' 하고 깨달았습니다. 언제나 그렇듯 저는 과정 속에서 한 발짝 더 나아갑니다.

최근에 곽재식 작가의 책에서 발견한 글이 마음에 와닿습니다. '혼자서 외롭게 걷고 있을 때 비까지 내리면 무슨 생각을 해야 합니까? 보고 싶은 사람이나 떠오르는 사람이 있다면, 지금 그 사람도 같은 비를 맞고 있겠지, 생각하면 힘이 날 때가 있습니다.'

은율이는 소리의 우산이 되어준 것이 아니라, 함께 비를 맞아준 것이라고 생각합니다. 저도 누군가에게, 우리는 함께 비를 맞고 있다고, 말해 줄 수 있는 사람이 되고 싶습니다. 저를 포함해 이 글을 읽는 모두가 자신에게 은율이가 되어줄 수 있기를 바랍니다. 감사합니다!

사람들만
살고 있는 건
아니니까

최혜연

작가소개

새본리중학교 3학년 최혜연.

초등학교 2학년에 토이푸들 '콜라'를 품에 안으며 수의사의 꿈을 가지게 되었다. 꿈과 함께 자라며 궁극적으로 동물과 지구환경에 대한 대중의 인식 변화라는 큰 목표를 바라보고 있다. 그 목표를 이루기 위한 노력의 일환으로 이 글을 쓰게 되었다.

가장 가까운 생명, 반려 동물

강아지, 고양이 공장

혹시 강아지(고양이) 공장에 대해서 들어 본 적이 있는가? 강아지
(고양이) 공장을 들어보지 않았더라도 길거리에 즐비한 펫샵은 많
이 보았을 것이다. 그 펫샵의 진열장에 있는 작디작은 강아지와 고양
이들이 태어난 곳이 바로 강아지(고양이) 공장이다. 이곳을 정의하
자면 이윤 창출을 위해 비윤리적으로 강아지와 고양이를 번식 시키
는 곳이다. 어미견(묘)는 이곳에서 평생 임신과 출산을 반복하고 새
끼들은 펫샵에 경매로 보내진다. 태어난 지 한 달도 지나지 않아 아
직 부모의 보살핌이 필요한 새끼들은 갑자기 먼 곳으로 보내져 몸과
마음이 건강하지 않다. 밤이 되어도 밝게 빛나는 진열장과 외부 자
극에 무방비로 노출하는 장도 한몫한다. 어미견(묘)들은 위생이 제
대로 관리되지 않은 곳에서 허가받지 않은 손에 소중한 생명을 맡길

수밖에 없다. 경이로운 생명의 탄생 순간이 상품화되어 버리는 비극이다. 펫샵에서 강아지나 고양이를 '구매'한 소비자는 쉽게 데려온 만큼 버리려는 마음을 가지기도 쉽다. 동물 복지 강국인 독일에서는 입양 절차가 까다로운 만큼 유기 동물의 수가 현저히 적은 것을 보면 가벼운 마음으로 한 입양이 유기 동물의 수 증가에도 영향을 미침을 알 수 있다.

이곳이 문제인 가장 큰 이유는 수많은 생명들을 그저 "돈벌이 수단'으로 본다는 것이다. 충분히 감정과 고통을 느낄 수 있는 동물들을 발을 디디고 있기조차 힘든 뜬 장에 가두고 곰팡이와 벌레가 뒤덮은 사료와 물을 준다. 또한 너무 밝은 빛과 시끄러운 소음 속에 있다가 팔리지 않으면 다시 태어난 곳으로 돌아가 자신의 부모와 같은 일을 겪는다. 소비자들도 입양 직후에 생기는 문제들에 대해 피해를 본다. 포메라니안이라고 했는데 알고 보니 스피츠라던가 면역력이 제대로 형성되지 않아 일주일도 채 지나지 않아 무지개다리를 건너는 경우도 허다하다. 강아지나 고양이만이 아픔을 겪는 것이 아니라는 말이다. 이 문제를 포함해 뒤에 나올 문제들도 SBS 프로그램 'TV 동물농장'을 통해 크게 공론화되었고 많은 사람들이 관심을 가지게 되었다.

우리가 이 문제를 해결하기 위해 줄 수 있는 도움은 어떤 것이 있을까? 만약 강아지나 고양이를 키울 예정이라면 되도록 펫샵에서 입양하는 것만은 피하자. 펫샵에 전시된 새끼들은 모두 경매로 들어온 아이들이다. 이곳에서 새끼들을 산다면 강아지(고양이) 공장을 도와주는 꼴이 된다. 강아지나 고양이를 입양할 생각이 없더라도 도움을 줄 수 있는 방법이 있다. 바로 주변에 알려 주는 것이다. 생각보다 사회적 문제들은 많은 사람들만의 관심만으로도 해결이 된다. 오늘부터 나라도 관심을 가져보는 것은 어떨까?

유기공장

앞서 소개한 강아지(고양이) 공장과 어떻게 보면 직접적으로 연관되어 있다고 할 수 있는 문제이다. 유기동물은 말 그대로 버려진 동물을 뜻하며 이는 심각한 사회적 문제이다. 유기동물들은 대부분 차가운 길거리에서 쓸쓸히 삶이 끝나며, 구조된다 하더라도 보호소에는 이미 많은 동물들이 빽빽히 들어차 있어 얼마 지나지 않아 안락사를 당하게 된다. 사랑만 받아도 모자란 아무 잘못 없는 생명들이 너무도 쓸쓸하고 불행한 방식으로 삶에 마침표를 찍는다. 그래서 이 글에서는 유기동물에 대한 정보와 우리가 할 수 있는 일들을 다루어 볼 것이다.

유기동물은 앞서 설명했듯 버려진 동물을 뜻하며 사전적 정의는 주인이 돌보지 않고 내다 버린 동물이다. 반려동물을 유기하는 이유는 소음, 위생, 비용, 단순 변심 등 버려진 동물들의 수만큼 다양하다. 쉽게 데려온 만큼 버리기도 쉽다고, 조사와 준비가 제대로 되어 있었다면 저런 이유들로 한 생명을 비참하게 버려버리는 일은 일어나지 않았을지도 모른다. 주로 유기가 일어나는 시기와 장소는 재개발에 들어가는 주택가, 휴가철 피서지, 국도나 고속도로 등이 있다. 재개발에 들어가는 주택가의 경우는 찾아와서 유기하는 것보다는 이사를 가게 된 사람들이 이삿짐은 챙겨가면서 함께 살던 동물들은 데려가지 않는 것이 주를 차지한다. 휴가철 피서지의 경우는 함께 놀러와서는 자신들만 집으로 돌아가는 것이며, 잔인하게도 섬으로 놀러와 쫓아오지도 못하게 버려두고 가는 경우도 많아 섬에서는 휴가철만 지나면 골머리를 앓는다. '본인의 표는 왕복으로 끊고, 배우자의 표는 편도로 끊었다.'라는 살인 사건 추리 문제의 답이 문득 생각났다. 국도나 고속도로의 경우는 다시 찾아오기 어렵게 도로가에 버리는 것이며, 휴게소에 버리는 경우도 심심찮게 볼 수 있다. 혹여 차에치여 죽을 것은 걱정도 하지 않았는지 화가 나다가도 애초에 유기를한 것부터 잘못되었지 않나 싶었다. 오히려 한 생명을 '버리는' 주제에 죽을 걱정을 하고 있다면 더욱 화가 날 것만 같았다.

길거리를 떠도는 동물들은 탈수와 영양실조에 시달리며 심장사상충이나 진드기에 감염되는 경우도 허다하다. 운 좋게 죽기 전에 구조되더라도 새 주인을 찾을 확률은 희박하고, 20~30%는 시설의 수용 제한으로 인해 주인만을 바라보던 삶을 안락사로 마침표 찍는다. 주인만을 바라보다 주인에게 버려져 주인을 기다리며 죽는 삶이 너무도 비참하지 않은가? 아이러니하게도 이런 말이 있다.

'반려동물을 유기하는 사람은 동물을 좋아하는 사람이다. 애초에 좋아하지 않는다면 키우지도 않는다.'

우리는 한 생명을 가족으로 받아들인다는 것에 대한 성숙한 책임의식이 필요하다. 반려동물을 입양할 계획이 있다면 유기동물을 입양하는 것도 문제를 해결하는데 큰 도움이 될 수 있다. 생각보다 보호소에는 아프고 나이가 많은 아이들만 있지는 않다. 어리고 혈통 있는 유기동물들도 있고, 문제 행동을 교정해 나가며 유대감을 형성해 새 삶을 살아갈 수 있는 유기동물들도 있다. 편견을 지우면 소중한 생명에게 새로운 삶을 선물할 수도 있다. 하지만 처음 키우는 동물이 유기동물이라면 많은 어려움을 겪을 수 있다. 만약 유기동물의 새 주인이 되고자 한다면 반드시 충분한 조사를 한 뒤 데려오자. 다시 한번 상처를 주지 않도록. 지금 함께 살고 있는 반려동물과 헤어지지 않는 것도 중요하다. 외출을 할 때에는 반드시 목줄을 착용하고, 반려동물을 등록하도록 하자. 한 번 잃어버린 반려동물은 골든타임이 지나면 다시 만나기 어렵다. 길거리를 홀로 떠도는 동물은 얼핏 보기에 버려진 것인지, 길에서 태어난 것인지, 잃어버린 것인지 알기 어렵다. 소중한 내 가족이 차가운 길거리를 떠돌지 않게 하는 것도 중요하다.

한 생명을 데려오는 일은 '상품 구매'가 아니라 '앞으로 책임지고 함께 살아갈 가족'을 입양하는 것이다. 부디 이 일은 신중에 신중을 가해 철저한 준비와 조사를 거쳤으면 좋겠다. 그 끝에는 비참한 이별이 아닌 행복한 순간들이 가득 할 것이라 믿는다.

투견

'반려동물' 하면 무엇이 가장 먼저 떠오르는가? 누군가는 실내에서 행복하게 사는 강아지와 고양이를, 다른 누군가는 마당을 뛰어노는 개를, 또 다른 누군가는 내가 앞서 말한 반려동물과 관련한 문제들이 생각날 것이다. 이 말을 서두에 꺼낸 이유는 앞선 이야기들에서 조금 더 확장된 이야기를 하려 하기 때문이다.

　어디서 어떻게 오는지는 정확히 말할 수 없다. 워낙 다양한 경로로 들어오기 때문이다. 하지만 그 끝은 거의 같다. 보신탕의 재료 혹은 미끼. 원해서 되지는 않지만 한 번 하게 된다면 평생을 학대에 가까운 훈련과 상처 입히고 상처받는, 일상이 되어서는 안 될 일상을 가진다. 이것은 바로 투견의 일생이다. 투견은 소유자에 의해 태어날 때부터 투견이었을 수도 있다. 싸움에 적합한 신체 능력과 성격을 가진 종을 교배해 오로지 투견을 목적으로 태어났을 수 있다. 포털사이트에 '투견'을 검색하면 특정 종들이 많이 거론되는 것으로 보아 이 경우가 대부분이라고 추측할 수 있다. 아니면 유기견이나 들개들 중 나름 적합하다고 판단되는 개들을 데려올 수도 있다. 어디서 어떤 사연을 가지고 왔는지는 이 시점부터 중요하지 않다. '훈련'이라는 명목하에 러닝머신 위를 끊임없이 달리거나 나무에 매달려지기도 한다. 투견들은 스포츠와는 거리가 멀다. 사람들은 돈을 걸고 도박을 한다. 정해진 규칙 따위는 없으며 한 쪽이 죽음에 이를 때까지 싸움과 도박이 이어지는 것이다. 이기면 그 삶을 이어가게 되고 살았지만 앞으로 투견으로서의 삶을 이어나갈 수 없을 정도면 보신탕집에 넘겨지거나 다른 투견들의 훈련용, 일명 '미끼견'으로써 살게 된다. 기적과 같은 확률로 구조가 될 때도 있다. 하지만 다른 개들이 그러하듯 새 주인을 만나기란 다시 한번 기적을 바라는 일이다. 게다가 투견은 사회화 훈련이 잘 안 되어 있을 뿐더러 사람의 애정 어린 손길을 경험하지 않았기에 더욱 입양이 어렵다. 하지만 과거에 투견이었다

하더라도 새롭게 교육과 훈련을 받으면 얼마든지 다른 평범한 개들처럼 살아갈 수 있다. 투견 행위는 엄연한 동물 학대이며 도박이지만 단속이 잘 이루어지지 않고 있다. 투견 행위가 적발될 경우 2년 이하의 징역이나 2천만 원 이하의 벌금에 처해질 수 있다.

투견 행위에 돈을 거는 사람들, 투견들의 소유주들은 죄의식을 전혀 느끼지 못하고 있다. 투견들을 한 생명체가 아닌 자신들의 이익을 위해 활용할 수단으로만 보고 있다. 한 전직 투견 업자는 말한다. 우사인 볼트가 트랙을 보면 달리고 싶듯이 개들도 링만 보면 싸우고 싶은 거라고. 하지만 개들은 온몸으로 신호를 보내고 있다. 저 개와 싸우고 싶지 않다고. 물리기 싫고 물고 싶지 않다고. 아직도 암암리에 이루어질 투견 행위에 참담한 마음이 든다. 이 글을 쓰기 위해 영상을 하나 틀었을 뿐인데 얼마 못 가 창을 끌 수밖에 없었다. 동물들을 도구로 보는 시선을 이제는 바꿔야 하지 않을까.

특수견

사람들이 동물을 옆에 두는 데에는 다양한 목적이 있다. 가장 대표적인 예시로 가족으로써, 돈벌이 수단으로써 옆에 두는 경우가 있다. 그리고 사람들에게 도움을 주기 위해 곁에 존재하는, 특수견이 있다.

특수견에는 매우 다양한 종류가 있다. 그중에 군견, 탐지견, 인명구조견, 그리고 안내견을 살펴볼 것이다. 먼저 군견은 군사상의 목적으로 특별히 사육하고 훈련시킨 개로, 주로 후각을 이용해 적이나 폭발물의 위치를 파악하거나 사람과 다른 신체적 특징으로 사람이

가기 어려운 곳을 가는 등의 일을 한다. 셰퍼드나 말리노이즈가 대부분이다. 군견이 되기 위해서는 군견훈련소에서 태어나 1차적으로 생후 약 7개월 즈음에 치러지는 군견자격평가를 통과해야 한다. 군견자격평가에서는 집중력, 대담성, 사회성 등의 10가지 항목을 80점 이상의 점수로 통과해야 한다. 이 과정이 까다롭고 어려워 70% 가량이 불합격이라고 한다. 이 어려운 시험을 통과한 예비 군견들은 2차적으로 각자의 특징에 맞게 1가지 임무를 부여받아 20주의 훈련프로그램을 수료한다. 훈련프로그램에서도 절반 정도의 예비 군견들만 모든 프로그램을 수료한다고 한다. 계산해 보면 약 15%의 개들만 그곳에서 정식 군견이 되는 것이다. 최정예 15%에 들지 못하고 탈락한 개들은 추가 심사를 한 번 더 거쳐 군견이 아닌 다른 임무를 받아 분양되거나 무상으로 분양한다. 이마저도 여의치 않으면 자연사 할 때까지 자체적으로 활용하고 보호, 관리한다. 정식 군견들은 약 8년 정도 임무를 수행하고 은퇴한다.

원래 군견은 2013년 동물보호법의 개정 전까지 은퇴하면 안락사되거나 의료실습 등의 목적으로 사용되었다. 군견은 아무래도 유지비용이 많이 들기 때문이다. 그래서 2015년부터는 은퇴한 뒤 민간에 무상분양을 할 수 있게 되었다. 하지만 무상이라고 쉽게 입양 받을 수 있지는 않다. 총 3차까지의 꼼꼼한 심사를 모두 거쳐야 비로소 함께 살 수 있는 것이다. 군견은 체계적인 관리로 규칙적인 생활과 기본적인 훈련들이 되어 있어 사람들과 함께 살아가기에 매우 좋은 조건을 가지고 있다. 하지만 은퇴한 군견들의 나이는 사람으로 치면 환갑 정도이기에 2~3살 정도의 개들과는 건강상에서 차이가 있고, 작고 어린 강아지를 선호하는 우리나라에서 입양처를 찾기란 쉽지 않다. 또한 군견이 사나울 것이라는 인식과 군견이 생활하기에는 좁은 아파트에 주로 산다는 것도 입양이 어려운 원인이다. 그래서 은퇴를 하고 난 후에 군견들은 새 가족을 하염없이 기다리고 있다.

두 번째로는 군견과 비슷한 듯 다른 탐지견이다. 군견의 임무 중에서도 '폭발물 탐지'라는 것이 있지만, 이번에는 마약탐지견, 검역견들 위주로 다룰 것이다. 마약탐지견은 공항 세관에서 밀수되는 마약들을 뛰어난 후각으로 찾아내는 일을 한다. 주로 리트리버나 비글이 이 일을 한다. 마약탐지견들은 탐지견 훈련센터에서 태어나 약 1년간 사회성, 집중력, 지능 등을 기르며, 이 훈련을 통과한 뒤에는 마약류 인지와 상황 대처 등의 정규 훈련을 받는다. 마약탐지는 결코 쉬운 일이 아니기 때문에 군견과 하는 일만 다를 뿐 거의 비슷하게 생활하고 훈련을 받는다. 정규 훈련까지 모두 통과한 정식 마약탐지견은 약 30%에 불과하며, 이후에도 감을 잃지 않기 위해 매일 훈련을 반복하고 정기적으로 테스트를 받는다. 개들의 후각이 인간의 40배 정도나 된다고 하지만 후각에만 온 신경을 집중하는 것은 매우 피로한 일이기 때문에 30분 정도를 일하고 필수적으로 1시간 정도의 휴식시간이 필요하다. 이러한 특성 때문에 연차가 쌓일수록 체력과 지구력이 떨어져 평균 은퇴 시기는 6~8살이지만 매년 평가와 담당자와의 의논을 통해 은퇴시기를 정한다. 마약 탐지 훈련은 놀이 형식으로 이루어지기 때문에 마약탐지견들은 임무를 수행하는 것에 재미와 행복감을 느낀다고 한다. 그래서 가끔 마약을 찾지 못하면 우울해하기도 해 마약 찾기 놀이를 하는 귀여운 상황이 있기도 하다.

　탐지견 중에는 마약탐지견과 비슷한 듯 다른 일을 하는 검역견도 있다. 검역견은 해외에서 들어오는 물품들 중 국내에 반입이 불가능한 식품들을 찾아내는 일을 한다. 주로 세퍼드, 리트리버, 스파니엘, 비글이 이 일을 한다. 검역견이 되기 위해서는 후각이 특히 더 잘 발달해야 하고 활동적이며 호기심과 집중력이 높아야 한다. 검역견은 마약탐지견과 유사한 과정을 거쳐 상위 10~20%가 최종적으로 선정된다. 이들 역시 일에 피로함을 많이 느끼기 때문에 주기적으로 휴식을 취해야 하고 자신의 임무를 놀이처럼 생각한다.

　은퇴를 한 탐지견들은 일반 가정에 분양되어 남은 생을 편안히 보낼 수 있도록 제도가 마련되어 있지만 실제로는 분양이 잘 이루어지지 않아 검역본부 계류장에 남거나 실험에 사용된다. 아무래도 이 부분은 적극적인 홍보와 인식 개선이 필요해 보인다. 가끔 이런 사례들을 보면 입양되어야 할 개들이 넘치는데 펫샵이 성행하는 이유가 잘 납득되지 않기도 한다.

　마지막으로 살펴 볼 특수견은 일상 속에서 가장 마주치기 쉬운 안내견이다. 보통 시각장애인의 일상 속에서 그들이 안전하게 생활 할 수 있도록 도와주는 일을 한다. 주로 성격이 온순한 리트리버가 이 일을 한다. 안내견이 될 강아지들은 앞서 살펴 본 다른 특수견들처럼 안내견학교에서 태어나 자라게 된다. 안내견들은 생후 7주 정도가 되면 자원봉사자 가정에 위탁되어 '퍼피워킹'이라는 사회화 과정을 거친다. 다른 특수견들이 빨라도 7개월은 지나야 훈련을 받기 시작하는 것을 보면 훨씬 더 빨라 보인다. 이는 안내견의 업무와 관련이 있는데, 안내견들은 성격과 사회화의 정도가 안내견이 일을 할 때 중요한 요소로 작용하기 때문에 사회성이 가장 잘 길러지는 시기에 퍼피워킹을 하는 것이다. 퍼피워킹은 약 1년 정도를 하게 되며 끝난 후에는 다시 안내견학교로 돌아와 본격적인 훈련들을 이수한다. 훈련들 중에는 앉아나 엎드려와 같이 일반 가정에서 기르는 반려견들도 하는 동작들과 시각장애인들을 보다 전문적으로 돕기 위해 보행훈련 등이 있다. 6~8개월 정도의 훈련을 마치면 최종 테스트를 거친다. 테스트를 통과하면 어엿한 안내견으로서 활동하게 되고, 통과하지 못하면 일반 가정집에 분양되거나 안내견학교의 시범견으로 활동하게 된다. 정식 안내견이 되면 앞으로 몇 년을 함께하게 될 가족을 꼼꼼한 과정들을 거쳐 찾는다. 일상 속 수없이 많은 순간을 함께 할 파트너이기에 안내견과 시각장애인의 특징을 꼼꼼히 고려하는 것은 당연한 일이다. 안내견은 7~8년간 활동을 하고 다른 특수견들과 비슷한 나이에 은퇴를 한다. 은퇴 후에는 자원봉사자나 일반 가정에 분양된다.

안내견들은 우리 주위에서 가장 쉽게 마주칠 수 있는 특수견이다. 이들을 만나면 예의를 지키는 것은 필수이다. 가장 기본적으로, 안내견들의 관심을 끄는 행동들을 해서는 안 된다. 안내견을 쓰다듬는다거나 먹을 것을 주는 행위들이 이에 해당한다. 안내견들은 시각장애인들의 안전한 이동을 도와주어야 하기 때문에 훈련을 받았더라도 주의가 산만해 질 수 있는 행동은 삼가야 한다. 부수적으로 신호등 색의 변화나 버스번호를 알려 주는 것이 도움이 될 수 있다.

최근 한 대형마트에서 직원이 퍼피워킹 중인 안내견과 자원봉사자에게 고성을 지르며 입장을 막은 사건이 큰 화제를 불러일으키며 많은 사람들의 분노를 샀다. 장애인도 아니면서 강아지를 데리고 오면 어떡하냐는 직원의 말에서 아직 안내견을 포함한 특수견들에 대한 인식이 많이 부족하다는 것을 느꼈다. 학교에서 의무적으로 하는 장애인이해교육에 이러한 내용들을 더 추가하면 좋을 것 같다는 생각이 들었다

동물실험

앞서 소개한 특수견들처럼 사람을 위해 일하는 다른 개들이 있다. 하지만 '사람들을 위해 일한다.'라는 표현이 거북하게 느껴지는 이들은 바로 실험견이다.

사실 동물실험에 이용되는 동물들은 개뿐만이 아니다. 토끼나 쥐, 햄스터, 원숭이와 돼지 등 다양한 종류의 동물들도 동물실험에 이용된다. 이들이 공통적으로 가진 특징은 온순하고 사람과 유전적으로 많이 유사한 것이다. 대표적인 실험견 비글의 특징은 사람을 잘 따르고 온화한 성격을 지녔다는 것이다. 포털사이트에 비글과 동물실험을 검색하면 안구 적출이나 21년 초에 화제가 된 실험견 '메이' 등의 뉴스들이 쏟아져 나온다. 비글들은 실험용으로 사용된 뒤 평범한 삶을 살아가기가 매우 어렵다. 사람을 잘 따르는 성격을 사람들이 이용해 잔혹한 실험을 하는 것이 모순되면서도 마음이 아파온다. 토끼 같은 경우에는 주로 화장품 실험에 사용된다. 전 세계적으로 우리나

라를 포함한 40여 개의 국가가 화장품에 동물 실험을 하는 것을 금지했지만 예외 조항이 있어 완전히 사라지지는 않았다. 토끼는 피부 자극 실험의 대상으로 마스카라가 반복적으로 발려진다는 것은 유명한 사실이다. 특히 눈과 혈관이 연구에 용이해 관련 연구의 대상으로 주로 이용된다. 쥐는 번식기간이 짧고 부모 개체와 자식 개체의 유전자가 거의 같다. 또한 크기가 작아 관리하는데 비용이 적게 든다. 이 때문에 다양한 분야에서 다양한 실험에 대량으로 이용된다. 돼지는 인간과 유사성이 높고 구하기 쉬워 피부나 장기 등이 실험에 이용된다. 다양한 실험동물들이 여러 분야에서 이용되고 있다. 동물실험에 관한 사진을 찾아보면 화면을 빨리 꺼버리고 싶은 충동이 생긴다.

동물실험의 궁극적인 목적을 한 문장으로 말하자면 '사람의 안정성 확보'라고 할 수 있다. 다시 말하자면 이 제품을 사용했을 때, 이 실험을 사람이 하기 전에 안전한지 테스트하기 위함이다. 하지만 이는 여러 문제들을 가지고 있다. 첫째, 사람의 안전이라는 명목으로 다른 생물들의 안전을 위협하는 행위는 모순적이다. 물론 그렇다고 해서 사람들의 안전이 검증되지 않는 것이 옳다는 것이 아니다. 이 주장의 초점은 어느 생명도 안전을 위협받아서는 안 된다는 것이다. 동물실험은 A~E등급으로 분류하며 뒤로 갈수록 더 큰 고통을 수반하는 실험이다. 우리나라에서는 약 70%의 동물실험이 D, E 등급이며 매년 그 수가 늘어나고 있다. 그래서 동물실험에 동원되는 동물들은 실험이 거듭될수록 본래의 모습을 잃어간다. 중증도의 고통을 수반하는 실험을 버티고 살아남는 동물은 거의 없으며, 살아남거나 구조되었다 하더라도 평생 장애를 가지고 살아가야 한다. 게다가 동물실험의 목적은 법적인 요구사항을 만족시키기 위한 목적이 40% 이상으로 가장 많은 부분을 차지했다. 법적인 요구사항에 맞추기 위해 불필요한 실험이 이루어지지는 않았는지 의심해 볼 필요가 있다. 그리고 동물실험의 결과가 완벽히 사람들에게 같게 적용된다고 장담할 수 없다. 평범한 시각으로 보기엔 별것 아닌 것 같아 보이는 유전자의 몇 퍼센트 차이는 외형이며 지능 등이 확연히 차이나는 것을 보면 실제로는 꽤 큰 차이를 가지고 있음을 알 수 있다. 실험의 결과가 사람에게 적용되지 않아 문제가 발생한 사례로는 '탈리도마이드 사건'이 있다. 탈리도마이드는 1950년대 후반에서 1960년대 초반에 임산부의 입덧 치료제로 사용된 약품이다. 시중에 판매되기 전, 쥐와 토끼에게 임상실험을 하였고, 어떠한 부작용도 나타나지 않았기 때문에 약국에서 의사의 동의 없이 판매가 가능한 제품이었다. 하지만 탈리도마이드를 복용한 임산부들은 선천적으로 팔다리가 없거나 짧은 상태로 태어나는 테트라 아멜리아 증후군(해표지증)을 가진 자녀를 출산하였으며 이 수가 만 명 가까이 되었다.

이렇게 비도덕적이고 효율적이지 못한 동물실험을 막기 위해 많은 노력들이 이어지고 있다. 동물실험을 대체하기 위한 기술로는 인공 피부, 세포 배양, 프린팅 등이 있다. 아직은 활발히 사용되고 있지는 않지만 앞으로 동물실험을 대체할 수 있는 기술들로 주목받고 있다. 특히 세포 배양과 3D 프린팅은 다른 분야에서도 신기술로서 주목받고 있어 일상 속에서 자주 접할 수 있을 것이다. 그렇다면 우리가 동물실험을 막기 위해 할 수 있는 일들은 무엇이 있을까? 가장 일상 속에서 하기 쉬운 일은 화장품, 세제 등을 구매할 때 동물실험을 하지 않은 제품을 구매하는 것이다. 대체 기술들로 제품을 개발하는 것은 홍보에는 좋지만 아무래도 비용이 비쌀 수밖에 없다. 우리가 이러한 제품들을 구매하는 것이 동물실험을 줄여나가는 데 도움이 될 수 있다. 또한 동물실험금지법 청원에 동의하는 것도 도움이 될 수 있다.

잠시 나의 이야기를 하자면, 수의사가 되고 싶다고 할 때 차라리 의사를 하라는 반응들을 종종 듣는다. 나는 그런 말을 하는 사람들을 살리기 싫었다. 아직도 우리의 삶에는 동물보다 사람이 우월하다는 의식이 자리 잡고 있다. 한 지구에 같이 살아가고 있는 생물 중에 더 우월한 것은 없다. 단지 각자의 방식으로 살아가고 있을 뿐이다.

알고 보면 내 옆에, 가축

밀집 사육(단일 재배)과 전염병

가금류(닭, 오리 등)에게서 16년도부터 거의 매년 발생하는 조류 독감(AI), 우리나라와 인접한 국가로는 중국에서 18년도에 처음 발생한 아프리카돼지열병, 몇 번이나 특정 종의 멸종을 겪으면서도 이번에도 멸종될 것이라는 바나나. 이들은 모두 밀집 사육(단일 재배)

과 관련이 있다. 밀집 사육(단일 재배)을 가장 흔한 사육, 재배 방식이라 생각했으면 오산이다. 밀집 사육(단일 재배)는 경제적이라는 명목하에 큰 문제를 안고 있다.

밀집 사육은 한정된 공간에서 같은 종의 가축을 기르는 방식으로 농작물에게는 단일 재배라는 말로 해당이 된다. 경제적으로 높은 효율을 위한 것이지만 전염병 확산의 관점에서는 매우 무모하고 오히려 비효율적인 방식으로 보인다. 종의 다양성 없이 한 공간에서 한 종만 기르게 되면 그 종에게 해당하는 전염병이 발생할 경우 손쓸 수 없을 정도로 빠르게 확산되어 피해를 막는 것이 매우 힘들다. 게다가 개체들끼리 다닥다닥 붙어 생활하고 오직 사람을 위한 목적으로 길러지니 면역력이 떨어져 더욱 취약하다. 농작물 또한 한 작물만을 심으면 병충해에 매우 취약해진다.

자연에서는 다양한 종들이 어우러져 생태계를 구성하고, 서로 상호작용을 하며 살아간다. 하지만 사람들이 인위적으로 만든 공간은 오직 사람들의 편리함과 이익에만 초점이 맞추어져 있어 본래 유지되고 있었고, 유지되어야 할 균형이 깨져 있다. 우리의 시선에서는 효율적이고 정리가 잘 되어 보이지만 생물이 '정리해야 할 대상'은 아니다. 각자 생동감 넘치게 살아가야 할 이들이 상품으로만 비치는 게 조금 먹먹한 현실이다.

그런데 밀집 사육과 단일 재배로 면역력이 약해져 병충해에 쉽게 타격을 받는 가축과 농작물을 먹는 우리가 건강할 수 있을까? 동물성 식품인 우유, 달걀, 꿀 등도 그러하다. 그들이 자라면서 받는 스트

레스와 아픔이 최종적으로 그들을 섭취하는 우리에게 영향을 아예 주지 않을 수 없다. 결국 병충해에 약해져 상품 가치가 떨어지면 다시 인위적인 약으로 해결하고, 심지어 고유한 유전자까지 조작한다. 오히려 인위적으로 '상품'을 개조할수록 피해를 보는 건 어쩌면 우리다. 그래서 최근에는 무항생제, 무농약 등 최대한 자연 상태 그대로 키운 가축과 농작물을 찾는 사람들이 증가하고 있고, 수요를 맞추기 위해 자연적인 방법으로 기르는 농가들도 증가하는 추세이다. 이 책을 읽고 있는 독자 여러분들도 이 점을 고려해 주었으면 좋겠다.

소와 지구 온난화

대표적인 가축인 소가 지구 온난화를 심화시키는 원인이라는 사실은 아마 아는 사람들이 많을 것이다. 소와 같은 반추동물(소화 과정에서 한번 삼킨 먹이를 다시 게워 내어 씹어 다시 먹는 특성을 가진 동물)들은 소화 과정에서 지구 온난화의 주범인 메탄가스를 배출한다. 이에 반추동물의 소화 과정에서 발생하는 메탄가스를 줄이기 위한 연구나 현재의 육류를 대체할 수 있는, 대체육에 대한 연구가 활발히 이루어지고 있다. 이산화탄소보다 온실 효과가 월등히 높은 메탄가스는 과거에 천연가스라는 이름으로 널리 사용되었지만 지금은 지구 온난화의 주범으로 지목받고 있다. 메탄가스의 약 40% 이상이 농업에 의해 배출된다. 이 말인즉슨, 소가 우리의 생각보다 지구 온난화의 중심에 있을 수 있다는 것이다.

지구 온난화는 온실 기체로 인해 지구의 열이 외부로 빠져나가지 못하면서 지구의 온도가 점점 상승하는 현상으로, 지구 전반에 악영향을 끼친다. 지구 온난화는 기후 변화를 불러온다. 2020년은 코로나로도 힘든 한 해였지만, 세계 각국에서는 산불, 홍수 등으로 막대한 피해를 보았다. 호주나 미국의 숲은 크기도 크고 다양한 동식물들이 살아 화재를 진압하기에도, 피해를 복구하는 데에도 수많은 노력과 비용이 들었다. 유럽 쪽에서는 유독 홍수가 잦아 공항 등이 잠겨버렸다는 소식이 자주 들려왔었다. 사람들이 그제야 기후 변화에 더 관심을 가지게 되었다. 우리나라도 사실 기후 변화를 직접 겪고 있는 중이다. 2020년에 24절기는 한 번도 적중한 적이 없었다. 현재 여름은 날이 갈수록 더워지고, 국지성 호우가 하루에도 내렸다 그치기를 반복한다. 바닷가는 수온이 점점 높아져 남쪽의 열대 기후에서 살던 동식물들의 전선이 우리나라 바다까지 올라왔다. 맹독성 동물이 잇따라 발견되고, 동해안에서는 식인 상어의 출현이 잦아졌다. 알고 보면 우리나라도 외국에 못지않게 기후 변화를 직격탄으로 맞는 중이었던 것이다.

지구 온난화를 막을 수 있는 방법들에는 어떤 것들이 있을까? 나는 식습관을 바꾸는 방법을 추천한다. 위에서 말한 육류 대신 대체육을 먹어보는 것은 어떨까? 아직 국내에서는 대중적이지 않고 종류도 그리 많지 않지만 한 번 먹어보기를 추천한다. 이에 더불어 식용 곤충에 익숙해지기를 권한다. 지구 온난화로 식량난이 심해지면 영양가 높고 기르기 쉬운 식용 곤충이 주 식재료가 될 가능성이 높다. 만약 곤충의 생김새 때문에 꺼려진다면 분말 등 직접적으로 생김새가 드러나지 않는 제품들도 있다. 나는 건조된 고소애를 먹어본 적이 있는데, 이름 그대로 고소하고 담백해 두 봉지를 가져와 간식으로 먹었었다.

　하지만 육류 섭취를 줄이겠다고 무작정 채식을 하는 것은 우리 몸에도, 환경에도 좋지 않다. 우리 몸에 좋지 않다는 말은 자주 들어봤어도 환경에도 악영향을 끼칠 수 있다는 사실은 잘 들어보지 못했을 것이다. 수입품 작물들 중에는 이동식 화전 농업이나 플랜테이션 농업으로 재배된 작물들이 있다. 이 두 농사 방식을 간단히 설명하자면, 이동식 화전 농업은 2~3년에 한 번씩 숲에 불을 질러 비옥해진 땅에 농사를 짓는 방식이고, 플랜테이션 농업은 선진국이나 다국적기업의 기술과 자본에 원주민이나 개발도상국 국민들의 노동력을 합쳐 대규모 단일 재배를 하는 방식이다. 이 두 농사 방식은 산림을 없애버리기 때문에 지구 온난화를 가속화시킨다. 이러한 방식으로 재배되는 작물들은 옥수수, 커피, 카카오, 바나나 등이 있으니 잘 선택해서 먹어야 한다.

　또한 인터넷에서 홈 카페와 브이로그의 유행으로 갑자기 주목 받게 된 아보카도도 되도록 먹지 않는 것이 좋다. 가축을 제목으로 적어놓고 갑자기 웬 아보카도인가 싶을 수도 있지만 뒤에 이어질 내용과 지금 지구 온난화에 대한 내용을 적고 있다는 것을 고려해 아보카도도 넣었다. 아보카도는 재배하면서 다른 작물들에 비해 훨씬 많은 물을 사용해야 한다. 이 양은 $0.01m^2$당 하루에 성인 남성 1000명이 마시는 물의 양과 맞먹는다. 게다가 과도한 아보카도 열풍으로 아보카도 재배를 위해 산림들이 무분별하게 경작지로 개간되며, 해외에서 우리나라로 수입 시 배출되는 탄소의 양도 어마어마하다. 이

사실이 알려진 이후 많은 사람들이 아보카도 적게 먹기에 동참했었다. 아보카도는 몸에는 좋지만 환경에는 좋지 못하다. 생각보다 거창할 것 없이 매일매일 맞이하게 되는 식사의 일부분만 바꾸어도 지구 온난화 막기에 동참할 수 있다. 기왕 먹는 거 조금 더 환경을 신경 쓰면 어떨까?

늪과 바다가 소리 낼 수 있었다면

화학약품 남용

혹시 레이첼 카슨의 『침묵의 봄』을 읽어본 적이 있는가? 이 책은 무분별한 살충제와 농약의 사용으로 망가진 자연에 대해 이야기하고 있다. 책 제목 또한 화학약품으로 새들이 죽어 더 이상 새들의 노랫소리가 들리지 않는 봄을 의미한다. 시간이 된다면 이 책을 꼭 읽어보기를 바란다.

살충제의 사용 목적은 곤충을 죽이는 것이다. 모기나 파리와 같은 해충일 수도 있고 그저 눈앞에 자주 나타나는 곤충일 수도 있다. 농약도 비슷하다. 농약은 농사를 방해하는 곤충들을 죽인다. 쥐약은 쥐들을 죽이는데 사용되고 도시에서는 잘 안 보이는 농약 같은 제초제도 있다. 문제는, 이 모든 화학약품들이 사용 목적에 해당하는 종만 죽이지 않는다는 것이다.

1930년대에 처음으로 눈앞에 거슬리는 온갖 것들을 없앨 수 있는 약품을 만들 때에만 해도 사람들의 생각은 단순했다. '뿌렸더니 죽더라', '드디어 살겠다', '앞으로 눈앞에 거슬리는 것들은 이렇게 처리하면 되겠다'. 즉각적인 편리함을 경험한 사람들은 실내외를 막론하고 살충제나 쥐약을 사용했다. 더 깊게 생각하지 않았다. 그 무책임함과 무지의 무게가 몸집을 키워 우리를 누르는 중이다.

　　『침묵의 봄』을 읽은 사람들은 알겠지만, 포식과 피식의 관계와 한 종의 멸종은 인간이 건드릴 수 없는, 툭 치면 와르르 무너져 버릴 도미노다. 살충제나 쥐약으로 죽은 곤충들과 쥐 등을 먹은 새들 또한 중독으로 죽게 된다(여기서 말한 중독은 독성에 의해 기능 장애가 일어남을 의미한다.). 그리고 그 새들을 먹은 고양잇과나 개과 동물도 같은 길을 걷게 된다. 당장 눈앞에 거슬리는 것뿐만 아니라 없어서는 안 될 보이지 않는 것도 모조리 없앴다. 여기서 한 번 더 생각해야 한다. 흔히 생태계는 피라미드로 묘사된다. 위로 갈수록 수가 적고 밑으로 갈수록 수가 많아지는 것도 위아래로 포식과 피식의 관계를 표현한 것처럼 개체 수의 비율을 표현한다. 대부분의 곤충이 알집을 지은 것처럼 수많은 알을 낳는 반면에 맹금류가 알을 많아봤자 3~4개 낳는다는 점이 이해를 도울 것이다. 그런데 50마리의 벌레가 죽은 만큼 50마리의 새가 죽고 50마리의 황조롱이가 죽는다면? 타격은 한 세대가 길고 한 번에 번식하는 개체수가 적을수록 증가한다. 이 말인즉슨, 피라미드의 꼭대기는 점점 좁아지고 밑 부분은 점점 넓어져 없애려던 곤충이 되레 배로 불어날 수 있음을 의미한다. 이 악순환은 반복되고 있다. 같은 약품을 계속 사용하면 피식자들은 내성이 생겨 잘 사라지지 않아 더 강한 약품을 사용하게 되고 포식자들은 계속 죽어나간다. 그 포식자에 인간도 포함되어 있다는 점을 꼭 유념하기를 바란다.

하지만 그렇다면 무슨 수로 해충들과 쥐를 잡는가? 사실 어떤 식으로든 생태계는 연결되어 있어 함부로 하기가 어렵다. 그렇다면 해결책에 대해 생각해 보자. 혹시 모른다. 애완동물 대신 반려동물이라는 말을 사용하자 했던 한 네티즌 덕분에 함께 사는 동물에 대한 인식이 바뀐 것처럼 이 글을 읽은 사람의 아이디어로 모두가 아프지 않고 살 수 있는 방법이 나올지도.

산림의 중요성

산림은 사람들의 삶에 있어 생각보다 중요하다. 산림은 자연재해를 어느 정도 막아주며 사람들의 삶의 터전이 되어주기도 한다. 유엔식량농업기구 산림부에서는 이러한 산림의 중요성 때문에 산림이 잘 보존되지 않는 나라들에게 산림 발전을 지원하기도 한다. 또한 산림은 정서적으로 안정을 줄 수 있다. 도심에 있는 공원은 산림의 축소판으로써 미국 센트럴파크와 관련한 말 중 '맨해튼의 중심부에 센트럴파크가 없었다면 5년 뒤 같은 크기의 정신 병동을 지어야 했을 것이다.'라는 말이 있을 정도로 자연의 푸르름이 주는 영향은 실로 크다는 것을 알 수 있다. 하지만 산림은 그 가치에 비해 훼손되는 일이 빈번하다.

먼저 볼 것은 쓰레기이다. 산림은 강처럼 유동성을 가지지 않고 한 자리에서 몇 십 년을 묵묵히 지킨다. 그렇기 때문에 산림에 쓰레기가 있다는 것은 누군가가 인위적으로 버렸음을 의미한다. 물론 그곳에 사는 동물들이 외부에서 물어오거나 비닐과 같이 가벼운 쓰레기들이 날아왔을 수도 있다. 쓰레기는 당연히 산에 좋지 않은 영향을 끼친다. 미관상으로도 좋지 않고 식물이 건강하게 자라기 어려운 토양을 만든다. 담배꽁초를 버리기라도 하면 큰 산불로 이어질 수 있다. 특히 가을처럼 타기 쉬운 낙엽이나 솔방울들이 땅에 많이 떨어져 있을 때 산불을 일으킬 수 있는 쓰레기들은 더욱더 조심해야 한다. 이에 따라 산림 내 쓰레기 투기는 100만 원 이하의 과태료가 부과되니 산림에 쓰레기를 투기하는 일은 없어야 할 것이다.

우리나라의 산림과 그 생태계는 사람들의 영향을 많이 받는다. 국토의 70%가 산이다 보니 편리한 생활을 위해 개발이 불가피했고, 산에서 버섯이나 약초, 도토리 등을 채집하러 많은 사람들이 방문하기 때문이다. 무조건 이러한 이유 때문이라고는 할 수 없지만, 산림 생태계가 무너진 곳이 많다. 도시가 점점 크기를 키워가니 원래 그곳에 살고 있던 야생동물들이 밀려나다 못해 민가로 많이 내려오는 추세이다. 산에서는 부족한 먹이를 구하러 사람들이 사는 곳에 자주 나타나기도 하고 새들은 유리창에 비친 산을 실제라고 착각하기도 한다. 따지고 보면 이들도 억울하게 자신들의 터전을 잃은 것이다. 한 TV 프로그램에서 박병권 소장님께서는 "앞으로 우리의 숙제는 동물과 함께 사는 생활"이라고 말씀하셨다. 갑자기 야생동물들을 보게 되는 경우가 많아지다 보니 여러 문제들이 발생하곤 한다. 하지만 어쩌면 앞으로 계속 마주쳐야 할 그들에게 사람들의 배려가 필요하지 않을까?

오염된 물

2018년 팔라우 정부와 2021년 태국, 하와이 주 정부가 바다에서 선크림 사용을 금지한 것이 큰 화제가 되었다. 이 정부들은 왜 피서의 필수품인 선크림을 금지했을까? 그 이유는 바로 산호의 백화현상 때문이다. 간단히 말하자면 산호가 하얗게 죽어가는 현상인데, 우리가 왜 이 현상을 막아야 할까?

바다의 밀림, 열대우림이라는 별명을 가진 산호초는 바다의 시스템 유지에 큰 기여를 한다. 수많은 해양생물들의 삶의 터전이 되어주고 광합성을 해 바다의 산성화를 막으며(공생하는 식물성 플랑크톤이 하는 일. 산호는 동물) 파도의 에너지를 흡수해 육지가 바다에 잠기지 않도록 산호초들은 묵묵히 자신의 역할을 수행하고 있다. 이는 사람들에게도 큰 이익이 된다. 유엔환경계획 한국협회에 따르면 산호초들로 얻을 수 있는 이익은 연간 최대 60만 달러나 된다고 한다. 산호의 백화현상은 이 모든 것을 물거품으로 만들어 버린다.

산호의 백화현상을 일으키는 원인은 다양하다. 앞서 말한 선크림, 산호를 해칠 수 있는 방식의(예: 폭파) 어업 활동도 원인들 중 하나이고, 단언컨대 가장 큰 원인은 지구 온난화와 수질 오염이다. 지구 온난화에 대한 내용은 앞에서 읽고 왔을 테니 여기서는 수질 오염에 대한 이야기를 할 것이다.

수질 오염의 원인은 한마디로 사람들의 활동이라고 봐도 무방하다.

우리의 생활에는 알게 모르게 예상치도 못한 분야에서 물이 중요하게 쓰이기 때문이다. 일례로, 몇 달 전에 반도체 공정에서 순도가 높은 물에 연간 수백억에서 수천억이 왔다 갔다 할 수 있다는 것을 듣고 매우 놀랐었다. 수질 오염을 일으키는 사람들의 활동에는 대표적으로 과도한 비료와 세제 사용, 기름 유출, 공장 폐수 유출 등이 있다. 수질 오염은 생태계의 파괴는 물론이고 다양한 질병 유발과 수산업의 피해가 그 대가로 따라온다. 하천과 바다는 생존에 필수적이라는 점과 많은 사람들이 사용한다는 점, 그리고 머무르지 않고 이동하는 점 때문에 한 번 수질 오염이 발생하면 광범위한 곳에 피해를 끼치게 된다. 예시로 과거 유럽 인구의 1/3을 앗아간 페스트는 발달되지 않은 하수도가 피해를 가중시켰다.

바다는 한 번 오염되면 되돌리기 어렵다. 오염된 바다를 되돌리는 생물들도 많지만 사람들이 오염시키는 속도에 비하면 턱없이 부족하다. 바다는 쉽게 상상할 수 없을 만큼 넓고 하늘에서 흐르는 기류처럼 끊임없이 흐르는 해류가 있다. 유조선이 한 번 유출되면 전 세계에서 탄식과 걱정의 목소리가 나오는 이유가 돈도 돈이지만 기름을 완벽히 제거하기가 거의 불가능에 가까운 것도 한몫하다. 갈매기나 알바트로스와 같은 바닷새들이 먹이를 찾다 기름을 뒤집어쓰고 물고기들이 원래 검은색이었던 것처럼 해안가에 밀려온다. 죽은 해산물들이 많아지면 값도 그에 따라 치솟는다.

하천은 바다보다 더 직접적으로 영향을 주고받는다. 공장과 우리 생활 속에서 쓰이고 버려진 폐수에 직접적으로 영향을 받고 농업용

수와 식수로 사용되기에 직접 영향을 준다. 하천은 담수에 속하며 담수는 소금기가 거의 없는 물로 전 세계 물 중 약 2%밖에 없다. 호수와 하천수는 그중에서도 0.01%를 차지해 매우 희소성이 높은 수자원이다. 게다가 사람들은 역사적으로 하천 주변에 마을을 이루며 살았기 때문에 현재에도 하천 주변에는 큰 동네가 자리하고 있다. 따라서 하천의 오염은 생태계의 무너짐과 동시에 인근 사람들에게 직접적으로 부정적인 영향을 끼친다. 강도 바다도 모두 사람들의 삶과 직접적인 연관이 있다. 사실 모든 자연환경이 그렇다. 사람들이 잠시 잊고 살았을 뿐이다.

그렇다면 우리는 어떻게 수질 오염을 막을 수 있을까? 이번에는 새롭고 실천하기 쉬운 방법 하나를 소개하려 한다. 그 방법은 바로 설거지 방식 바꾸기이다. 익숙한 모양의 그 수세미(아크릴 수세미라고 검색하면 찾을 수 있다.)는 사용하다 보면 크기가 작아지고 닳는다. 그런데 그 수세미에서 떨어진 조각들은 어디로 갔을까? 그리고 그 많은 세제가 환경에 영향을 안 끼쳤을까?

수세미에서 떨어진 조각들은 미세 플라스틱이 되어 우리 몸속으로 다시 돌아와 병을 일으킨다. 어패류에서도 자주 발견되며 그 수가 점점 늘고 있다. 그들 또한 미세 플라스틱이 몸에 쌓인 상태에서 결코 건강하지 못하다. 세제는 정화 과정을 거쳐도 남아 있는 높은 농도의 인이나 질소는 우리가 흔히 말하는 녹조와 같은 조류를 만들어 수중 식물들의 광합성을 막고 죽게 만들며, 수중 생물의 광합성 부족으로 산소가 부족해진 수중 생물들이 잇달아 죽음을 맞이한다. 현재 우리가 가장 익숙하게 사용하고 있는 설거지 방식은 이러한 문제들을 일으키는 원인이 된다. 그래서 소개할 새로운 설거지 방식은 해외에서 널리 사용되는 방식으로, 세제를 푼 물에 식기들을 담가둔 뒤 꺼내어 수건으로 닦는 방법이다. 아마 '컬처 쇼크'로 한 번쯤은 들어봤을 법하다. 원래 해외에서 이러한 설거지 방식을 채택한 이유는 석회질 성분이 많은 물이나 식기들이 대부분 납작하기 때문이라는 등의 가설이 있지만, 현재 이 방식은 세제를 많이 사용하지 않아 수질 오염을 막을 수 있어 주목받고 있다. 우리나라의 설거지 방식과 많이 달라 이질적이지만, 이 방식을 사용하면 세제와 물의 양을 효율적으로 줄일 수 있어 환경과 우리 몸에 좋은 방법이다.

우리의 상상 속에서 형형색색의 아름다움을 간직한 바다, 얼굴이 비칠 정도로 투명한 강의 현실은 사막과 같아지고 있다. 생기를 잃은 바다가 우리를 집어삼키지 않게, 강을 옆에 두고 우리가 말라 가지 않게, 함께 지켜나가자.

무책임한 쓰레기

2015년 8월, 인터넷의 뜨거운 감자였던 한 영상을 기억하는가? 코에 플라스틱 빨대가 꽂혀 고통스러워하는 바다거북의 모습은 많은 네티즌들이 해양 쓰레기에 대해 관심을 가지게 하는 계기가 되었다. 그러나 이후 이어진 많은 사람들의 노력에도 불구하고 여전히 바다에는 수많은 쓰레기들이 부유하고 있다. 나도 해양 쓰레기에 많은 관심이 생겨 이에 대해 찾아보았다.

해양 쓰레기들은 육지에서 바다로, 혹은 바다 위 배에서 바다로 흘러들어간 쓰레기들이다. 이들은 해류를 타고 정처 없이 바다를 떠돌아 한곳에 모여 플라스틱 섬 등을 이루기도 하고, 도중에 잘게 나누어져 미세 플라스틱으로 또 많은 생명들을 고통스럽게 한다. (이하 본문에서는 해양 쓰레기를 플라스틱으로 대표한다. 실제로 해양 쓰레기의 대부분을 차지하며 가장 많은 문제들을 일으키기 때문이다.) 바다를 주 먹이터로 삼는 바닷새들과 바다 속 해양생물들은 흔히 알록달록한 플라스틱 조각들을 먹이로 오인해 배를 채우고 새끼들이게 그것을 주기도 한다. 소화가 되지 않는 것들을 먹었으니 포만감이 사라지지 않고 날지도 못해 아사하는 경우가 태반이다. 사냥을 하다 그물에 걸려 큰 상처를 입는 경우도 허다하다. 안 그래도 사라져가는 해양생물들에게 부채질하는 격이다. 미세 플라스틱으로 일어나는 문제들은 사람들도 예외는 아니다. 미세 플라스틱은 그 크기가 매우 작아 혈류를 타고 온몸 곳곳에 도달해 각종 암이나 생식 기능 저하를 유발하고 이외에 더 많은 질병을 일으키는지는 아직 연구 중에 있다.

몇몇 해양 쓰레기들은 해변으로 밀려들어온다. 간혹 가다 파도에 의해 동그랗게 빚어져 예쁜 돌처럼 보이는 유리조각들도 있지만 대부분은 그렇지 않다. 해변으로 밀려들어온 해양 쓰레기들은 미관을 해치며 주변 생태계를 어지럽히는 경우가 다반사이다. 자고로 문제는 보고 있다고 해결되지 않는 법. 이 글을 읽고 해양 쓰레기 제거에 손을 보태고 싶을 이들을 위해 몇 가지 방법들을 소개한다.

먼저 플라스틱을 줄이기 위한 방법으로 화장품 리필과 비누 사용, 다회성 용품의 사용이 있다. 나도 한 번 쓰고 나면 버리게 되는 화장품 용기들이 아까웠는데, 요즘에는 직접 찾아가 리필을 할 수 있다고 한다. 그리고 미세 플라스틱에 대한 걱정과 비누 공예의 영향으로 폼클렌징만큼 기능도 좋고 예쁜 비누를 사용하려는 사람들도 늘고 있다. 또한 플라스틱 사용을 줄이겠다고 갑자기 일상 속 모든 플라스틱을 없애려 하기보다 점진적으로 가까운 것부터 부담 가지지 말고 차근차근 노력하면 꾸준하게 이어갈 수 있을 것이다. 그리고 직접 봉사를 하고 싶다면 해안가의 쓰레기 줍기를 추천한다. 인터넷이나 SNS를 이용해 조금만 알아보면 쉽게 참여할 수 있다. 부디 많은 사람들의 손길로 바다가 건강해질 수 있기를 기원하는 바이다.

생태 네크워크

한 종의 멸종은 다른 종의 멸종

내가 중학교 1학년일 때, 생물 분류와 다양성을 배우는 단원에서 '먹이 그물'이라는 개념을 배웠다. 먹이 그물은 먹이 사슬, 즉 연쇄적인 포식과 피식의 관계가 마치 그물처럼 연결되어 있음을 의미한다. 그물에 작은 구멍이 하나 생기면 그 구멍이 계속 커져 제구실을 못하게 되듯, 생태계도 마찬가지이다. 하찮고 보잘것없다 생각했던 한 종의 멸종이 연쇄적인 멸종을 불러올 수 있다. 나는 이 '먹이 그물'이라는 단어를 '생태 네트워크'라 부를 예정이다.

여름철 우리를 가장 짜증나게 하는 생물 부동의 1위, 모기. 귀에서 한 번 엥 하는 소리가 들리면 그날 잠은 다 잤다고 해도 과언이 아니다. 우리나라에서 모기는 여름철 공공의 적이지만 아프리카나 동남아시아 같은 곳에서는 매년 수많은 사람들의 목숨을 앗아가는 작은 살인마이다. 이에 많은 과학자들이 모기를 박멸, 아니 이 지구상에서 사람이 사는 곳에 모기라고는 발도 디딜 수 없게 다양한 연구들을 시작했고 여전히 계속되고 있다. 앞에서 읽은 화학약품 뿌리기, 포식자 서식지에 풀기, 불임으로 만든 개체 뿌리기 등 기상천외한 방법들로 모기를 없애러 온 지구인들이 혈안이 되어 있다. 아, 온 지구인은 아니다. 나처럼 모기 멸종에 반대하는 사람들이 있으니. 나도 모기 싫다. 그 한 마리에 잠도 못 자고 온 가족이 일어나 두리번거려야 하는 것도, 운이 안 좋아 독한 모기에 물려 며칠 신경이 몰리게 되는 것도 다 싫다. 나는 얼마나 독한 모기에 물렸으면 아직도 작년에 물린 자국이 왼쪽 다리에 두 방이나 있다. 그렇지만 나는 모기 멸종에는 반대한다. 대체로 이 말을 하면 꼭 주변에서 모기 때문에 고생한 사람이 나타나 나를 이해할 수 없다며 역정을 낸다. 나도 처음에는 모기 불임 만들기 등을 매우 흥미 있게 생각했다. 하지만 내가 서론에 말하지 않았는가. 그물은 작은 구멍 하나에 곧 제구실을 못 하게 된다고.

모기가 멸종되면 안 되는 이유를 하나하나 짚어주겠다. 솔직히 나는 이 글을 읽을 독자들이 글을 다 읽은 뒤 내 생각이 일리가 있다고 생각하는 것만으로도 성공이라고 생각한다. 최근에는 모든 모기가 흡혈을 한다는 오해가 많이 사라졌다. 모기는 산란철(주로 온도에 영향을 받기 때문에 여름에 잠잠하다가 초가을에 나타나는 경우가 생기는 것이다.)에 알을 밴 암컷 모기만이 동물의 피를 주식으로 한다. 수컷 모기는 식물만을 평생 주식으로 한다. 게다가 모기 중 흡혈을 하는 종은 흡혈을 하지 않는 종보다 적다. 그래서 지구상 모든 모기들을 종 구분 없이 멸종시켜버리겠다는 생각은 많이 위험하다.

그리고 모기는 벌 만큼이나 식물들의 수분에 관여한다. 원래 모기의 서식지는 열대우림, 산림, 고인 물이 있는 곳이다. 모기는 원래 서식지에서 식물의 즙, 꽃의 꿀, 열매 등을 먹고살기에 당연히 식물들의 수분에 크게 관여할 수밖에 없다. 최근 지구 온난화와 미세먼지로 인해 벌들이 감각을 상실하거나 죽어 수분이 이루어지지 않아 사람들이 직접 수분을 해주어야 하는 경우가 증가하고 있다. 사람들이 식량을 목적으로 재배하는 식물의 수분이 이루어지지 않는다는 것은 식량난을 의미하기도 한다. 이러한 상황에서 수분을 도와줄 수 있는 모기들을 모조리 죽이자는 주장은 지지하기 힘들다. 또한 모기는 그 열대우림과 산림에 사는 새들의 먹이가 되어준다. 생태 네트워크에서 먹이 한 종이 사라지면 생존 확률도 덩달아 떨어지는 것은 당연한 이치이다. 포식자의 개체 수가 같은데 피식자의 수가 줄면 당연히 먹이 경쟁이 치열해지고 생존하기 어려워지지 않겠는가? 사실 사람들은 역사상에서, 다른 수많은 사례에서 그래왔듯 과거 모기가 살고 있던 곳에 지금 살고 있기에 모기와의 공존이 사실상 불가피한 것이다. 모기의 멸종에 벌써 네트워크에 끊어진 곳이 하나둘 생겨났다.

생태 네트워크의 한 예시로 모기를 소개했다. 모기는 가장 쉽게 이해할 만한 소재였기에 이를 다른 동물들에게 대입시켜보고 자세히 조사해 본다면 우리 몸에 필요 없는 부분 없듯 사라져도 되는 종은 없다는 것을 알게 될 것이다. 마지막으로, 매년 찾아올 모기들과의 전쟁에 나름의 현명한 방법으로 승리하기를 기원한다.

외래종 유입

인류는 문명의 발전으로 더 멀리 나아가고 있다. 솔직히 인류가 얼마나 진화했는지 알아보는 척도로 이동할 수 있는 최대 거리를 세어 봐도 될 정도이다. 찬란한 문명의 발전은 전 세계로 나아가고, 사람들은 많은 변화를 겪었다. 하지만 동전에 앞이 있으면 뒷면이 있듯 점점 더 빠르게 연결되는 세계가 항상 긍정적이지만은 않다.

콜럼버스가 아메리카 대륙을 발견한 이후에 수많은 원주민들이 죽어나갔다. 그 대표적인 이유 중 하나가 바로 전염병이다. 유럽의 땅에 있던 바이러스에 면역을 가지지 않았던 아메리카 땅의 사람들이 속수무책으로 죽었다는 것이다. 생태 네트워크 얘기하다 무슨 소리인가 싶을 수도 있다. 하지만 조금만 더 읽으면 무슨 말인지 알게 될 것이다. 아프리카 동쪽, 인도양 남서부 모리셔스라는 작은 섬나라는 평화로운 동네였다. 포르투갈인들이 오기 전까진. 이곳에는 도도새라는 이름의 새가 살고 있었다. 서식지는 천적인 포유류가 없는 새들의 지상낙원이었다. 도도새는 굳이 날 필요가 없어 날개는 퇴화했고 연구에 따르면 속도도 그리 빠르지 않았을 것이라고 한다. 하지만 세계 일주와 식민지 탐사에 열을 올리던 열강들 때문에 지상낙원은 지옥이 되었다. 날지 못하는 새는 선원들의 더할 나위 없이 좋은 식량이 되어 주었고 이후 네덜란드에서 죄수들을 데려오자 함께 들어온 쥐와 고양이 등이 모리셔스의 생태 네트워크의 연결을 끊어 버렸다.

결국 도도새는 멸종했고 현재까지 모리셔스에 남아 있는 종은 절반도 되지 않는다. 게다가 이 섬에서 도도새는 특정 나무와 긴밀한 관계를 맺고 있었는데, 도도새의 멸종으로 이 나무까지 사라지고 있는 추세라고 한다. 이제 내가 앞에서 했던 말들이 이해되는가? 어쩌면 도도새 입장에서는 사람들도 외래종이었을 것이다.

우리나라도 한때 외래종 유입으로 골머리를 앓던 시절이 있었다. 당시에는 황소개구리, 뉴트리아, 큰입 배스, 붉은귀거북 등이 매우 유명했다. 이들은 해외에서 수입되어 우연히 우리나라의 생태 네트워크에 등장했다. 문제는 이 외래종들이 토종들과의 경쟁에서 우위를 점해 토종들이 꼼짝 못하고 밀려났다는 것이다. 우리나라 생태 네트워크에 물 흐리는 해커가 등장한 것과 같다. 아마 그들은 자신들이 원래 살던 곳에서는 이렇게 피해를 끼치지 않았을 것이다. 당연한 자신들의 자리였을 테니. 하지만 이곳은 이미 임자가 있었다. 우리나라에서는 밀려나는 토종들을 지키기 위해 노력했고 다른 포식자들이 외래종을 사냥하기 시작하면서 조금 잠잠해지는 듯했으나 이번에는 반려용으로 해외에서 들여온 동식물들을 자연에 풀어버리면서 다시 문제가 생겨나고 있다. 솔직히 외래종들도 얼마나 황당하겠는가. 원래 살던 자신의 자리를 떠나 굴러온 돌 신세가 되어 박힌 돌을 빼내야만 자신들도 살 수 있었을 테니까.

의도했든 의도치 않았든 외래종을 무분별하게 들여오는 것은 원래 잘 유지되던 생태 네트워크를 끊어 버리는 행위이다. 비단 우리나라 뿐만이 아닌 해외에서도 비슷한 일들이 일어나고 있다. 토종은 이곳에서, 외래종은 원래 자신의 자리에서 살아야 한다. 뭐든 자신의 자리에 있을 때 가장 아름다운 법이다.

우리가 가면 안 되는 곳

전 세계의 수많은 사람들은 넓은 지구의 정말 다양한 곳에서 살아가고 있다. 누군가는 변화한 도시에서, 어떤 이들은 산이나 바닷가에서, 또 다른 이들은 메마른 사막이나 울창한 열대우림에 거주한다. 수천 년의 시간 속에서 인류는 각자의 서식지에 맞게 진화하고 적응해 왔다. 이는 비단 사람들뿐만이 아니다. 수많은 동식물, 미생물 등이 각자의 자리에서 경쟁과 공존을 하며 살아왔고, 살아가고 있다. 최근에는 각 분야의 눈부신 개발로 사람들의 구역이 점점 넓어져 가고 있다. 하지만 이것이 마냥 좋게 보이지만은 않는다.

'지구'는 분명 한정된 공간이자 자원인데 사람들의 자리가 점점 늘어만 간다. 분명 지구에 함께 살아가는 '누군가'의 공간이 줄었을 것이다. '누군가'는 우리에게 직접 말을 걸 수 없다. 그래서 각자의 삶을 바쁘게 살아가다 보면 저 멀리 뒷전에 있다. 눈앞에 있어도 무시당한다. 이윤의 렌즈로 본 '누군가'는 사라져줬으면 하는 존재이다. 하지만 '누군가'도 그들을 그렇게 보고 있을지도 모르지. 길목에 떡하니 서있는 산등성이가 불편했을 것이다. 그래서 구멍도 뚫고 이것저것 했겠지. 한없이 넓고 푸른 바다가, 어디서 온 건지 모르겠지만 계속 흐르고 있던 물길이 꽤 이용할 만하게 보였을 것이다. 늘 푸르렀기에 앞으로도 푸르고 맑겠거니 했을 것이다. 그래서 이것저것 흘려보내버리고 이것저것 놓아봤겠지. 알로록달로록한 그 땅이 미지의 보물들로 가득해 보였을 것이다. 수많은 생물들이 살아가고 있으니 손보면 창고가 되기 좋아보였을 것이다. 그래서 생명의 소리들과 너무도 상반되는 소리를 가져와 원래 있던 소리를 덮어버렸겠지. 그럼 언제인지 알 수 없는 먼 옛날부터 치열하게 자신의 자리를 지켜 온 이들은? 빼앗긴 자리로 다시 돌아온 새들이 유리창에 비친 먼발치의 산을 보고 날아가다 하늘에서 비처럼 우수수 쏟아진다. 구멍 나고 사라지기 전 산에 살던 동물들이 근처 민가로 내려와 서로에게 위협이 된다. 야생동물들의 당연한 길이었던 곳이 사람들의 길로 바뀌어 지나선 안 될 곳이 되었다. 푸르른 물은 더 이상 생명을 품지 못한다. 그저 H2O일 뿐이다. 끊임없이 흐르는 물길 속 작은 물고기들이 사라져 가는 건 발 담가보지 않고는 알아차리기 힘들다. 역사 속 서양인들이 무서워하던 검은빛 바다 속의 움직임은 수산시장의 가격 변화로나 체감한다. 우리나라에서는 나지도 않는 과일 몇 종류를 사시사철 구할 수 있게 하기 위해 수많은 동식물 종의 자리가 사라졌다. 알게 모르게 이곳저곳 쓰이는 팜유는 나무 사이를 자유롭게 누비던 오랑우탄들의 자유와 생명을 앗아갔다.

사람들은 지금껏 셀 수도 없이 많은 '누군가'의 자리를 빼앗았다. 무궁한 발전, 하지만 지구의 자리는 무한하지 않다. 이제는 자리를 빼앗는 것뿐만 아니라 건강이나 장식이라는 목적 하에 자리의 주인을 멋대로 이용하는 경지에 이르렀다. 지금 우리는 더 많은 자리가 필요하지 않다. 그리고 무분별한 개발을 멈추어야 하는 또 다른 이유가 있다.

요즘 들어 부쩍 전염병이 많이 늘어난 듯한 느낌을 받는다. 내가 현재를 살고 있으니 더 많이 체감하는 것은 당연하다. 하지만 많은 전문가들이 자연의 무분별한 개발과 전염병의 증가가 관계성을 가진다고 말한다.

앞서 수많은 동식물, 미생물 등이 각자의 자리에서 오랜 시간 살아오고 있다고 말했다. 즉, 그들만의 생태 네트워크가 형성된 것이다. 생태 네트워크, 먹이사슬 등을 들으면 동식물, 조금 더 생각하면 분해 작용을 하는 균류까지 떠올리기 쉽다. 하지만 나는 바이러스도 이에 포함시키고 싶다. 바이러스는 생물이냐 아니냐에 대한 논란의 여지가 있지만, 이 글의 주제는 바이러스가 생물 비생물이냐가 아닌 상호작용이므로 포함시키기로 했다.

모든 생물체들은 자신이 살고 있는 환경에서 마주칠 수 있는 위협에 대해 '면역'을 가지고 있다. 면역의 사전적 정의는 '반복되는 자극 따위에 반응하지 않고 감각해지는 상태를 비유적으로 이르는 말'이다. 한 번도 겪어보지 못한 자극에는 면역이 형성되어 있지 않다는 것이다. 바이러스는 반드시 숙주가 있어야만 번식을 하고 종을 이어나갈 수 있다. 그래서 바이러스는 숙주가 될 생물의 세포에 잘 침투하기 위해 진화해 왔고, 바이러스를 완전히 피할 수 없는 박쥐와 같은 동물들은 바이러스가 있어도 고통을 피할 수 있게 함께 진화해 왔다. 하지만 사람은 그렇지 않다. 도심 한복판에 살면서 박쥐와 마주칠 일이 얼마나 되겠는가? 사실 박쥐를 제외하고도 사람들에게 바이러스를 전파할 수 있는 동물들은 많다. 물고기, 새, 토끼, 천산갑 등 무궁무진하게 많은 동물들이 중간숙주로서 사람들에게 바이러스를 전파할 수 있다. 천산갑 등은 마주치기도 어려운 멸종위기 동물이고, 물고기나 새, 토끼 등은 반려용으로 집에서 키우기도 하나 야생에서 자라지 않았으면 바이러스를 가지고 있을 확률이 낮다. 사람들과 야생의 자연환경은 분리되어 있었다. 하지만 최근에는 개발의 증가로 앞서 말한 것처럼 야생동물들이 살던 자리에 사람들이 살게 되었다. 그렇게 우리는 서로 마주치게 되었고, 마주친 것들 중에는 눈에 보이지 않는 것들도 있었다. 어쩌면 마주치지 않고 각자의 자리에서 살아갈 수도 있었지만 사람들의 자리를 늘리고 그들의 자리를 빼앗으면서 고통을 얻게 되었다. 지금 전 세계를 위기로 몰아넣은 코로나19 또한 야생동물로부터 전해진 것이 기정사실화되었다. 무분별한 개발은 그들의 서식지를 빼앗았을 뿐만 아니라 우리에게도 크나큰 아픔을 준 것이다.

역사 속에서 이와 비슷한 사례는 수도 없이 반복해 왔었다. 서로 전쟁하고 침략하며 전염병까지 옮긴 경우는 수도 없이 많을 것이다. 역사는 과거의 잘못을 미래에 다시 반복하지 않기 위해 배운다는 말처럼, 무분별한 개발과 서식지 파괴로 뼈아픈 고통을 겪었으니 앞으로는 서로 아플 일이 없었으면 좋겠다.

습관이 될 수 있게

벌써 글의 본편이 마무리되었다. 이대로 끝내기엔 전하고 싶은 내용을 다 전하지 못한 것 같아 조사하면서 눈에 띄었던 환경을 위한 실천 방안들을 가지고 왔다. 본문에 등장했던 나름의 소소한 방안들과 앞으로 소개할 것들을 합쳐 실천한다면 사람과 자연의 공존이 한 걸음 더 빨리 다가올 것이라 믿어 의심치 않는다.

분리수거

분리수거는 마주할 때마다 묘한 딜레마에 빠진 느낌이다. 분명 어릴 때 배운 분리수거는 유치원생도 할 수 있는 것이었다. 당장 집 앞에 쓰레기장만 보아도 캔, 플라스틱, 비닐, 종이, 스티로폼 등 열 손가락으로 쓰레기 종류의 개수를 셀 수 있다. 하지만 조금 더 제대로 분리수거를 해보려고 마음먹으면 갑자기 에베레스트산만큼 올라가는 난이도에 금세 지치게 된다. 나도 그 점에 포기해버렸던 경험이 있어 부록의 처음을 분리수거로 정했다.

분리수거에서 높은 재활용률을 기대하려면 실제로는 더욱 다양한 분리수거 통이 있어야 한다. 분리수거의 좋은 예로는 일본의 가미카쓰 마을을 예로 들 수 있다. 이 마을은 과거 심각한 쓰레기 문제를 직접 겪고 마을의 모두가 합심하여 제로 웨이스트, 즉 폐기물이 발생되지 않는 마을을 목표로 노력하고 있다. 마을의 분리수거는 처음 본 사람은 손도 대기 힘들 정도로 복잡하다. 플라스틱, 캔, 종이 등 모든 쓰레기들은 사용 목적에 따라 자세하게 구분되어 분리 배출한다. 배출 전 꼼꼼한 세척 과정과 부피 줄이기는 기본이다. 이 과정이 워낙 복잡해 처음부터 쓰레기를 많이 만들지 않으려는 신중한 생각들이 머리에 자리하게 된다고 한다. 또한 재활용할 수 있는 물건들은 '쿠루쿠루 숍'에 모아 자유롭게 재활용한다. 이러한 노력 덕분에 세계에서 주목을 받고 있다.

우리나라가 쓰레기를 수입하고 있다는 뉴스를 본 적이 있는가? 플라스틱을 재활용해야 하는데 우리나라는 분리수거가 잘 이루어지지 않아 일본과 같이 분리수거가 잘 되는 나라에서 쓰레기들을 수입하는 것이다. 우리나라도 쓰레기가 넘쳐나는데 쓰레기를 수입해야 할 정도로 우리나라의 쓰레기가 '쓰레기 중의 쓰레기'인가 싶었다. 그래서 재활용을 할 수 있게 분리수거하는 방법을 소개한다.

기본적으로 딱 이 세 말만 기억하자. 순수하고 깨끗하게, 유리, 비닐 빼고 부피 줄이기, 아닌 건 미련 없이 일반 쓰레기. 쓰레기는 우리가 '쓰레기다'라고 인지한 첫 순간부터 깨끗하지는 않을 것이다. 모든 분리수거의 기본은 깨끗함이다. 그리고 플라스틱은 활용도가 높아 다른 물질들과 섞인 경우가 많다. 일부는 플라스틱이지만 다른 부분들이 플라스틱이 아니라면 과감하게 일반 쓰레기로 버리자. 유리는 깨진 상태에서는 재활용이 불가능하다. 또한 비닐은 부피를 줄인다고 묶었다가 기계를 통과하지 못하는 경우가 빈번하므로 비닐은 묶거나 접지 말자. 그리고 비닐에 묻은 이물질들이 잘 없어지지 않는다면 과감하게 일반 쓰레기로 넣어주자. 고집 부려 비닐로 분류하면 깔끔하게 분류된 다른 쓰레기들도 함께 재활용할 수 없게 된다.

음식물 쓰레기는 좀더 간단하다. 헷갈릴 때에는 이 기준 하나면 충분하다. '동물이 먹을 수 있는가?'. 가령 뼈는 당연히 음식물 쓰레기가 아니고 커피 찌꺼기, 파 종류, 고추장과 된장 등 또한 동물이 먹어서는 안 되기 때문에 음식물 쓰레기가 아니다.

그린 컨슈머

다른 자료들을 조사하다 우연히 서대문구청 공식 블로그에서 그린 컨슈머에 대해 알게 되었다. 그린 컨슈머란, 물건을 구매할 때 환경이나 건강을 가장 우선시하는 소비자를 지칭하는 용어이다. 그린 컨슈머가 되는 것은 어려운 일이 아니다. 4R만 기억하면 된다. refuse, reduce, reuse, recycle의 네 가지로, 거부, 감소, 재사용, 재활용을 의미한다. 생각보다 매우 간단했다. 이런 것들은 항상 실전에서의 실천이 가장 중요하다.

refuse의 예시로는 과대포장 줄이기를 대표적으로 꼽을 수 있겠다. 특히 우리나라에서는 식품의 포장이 불필요하게 이것저것 있는 경우가 많아 사람들의 많은 비난을 받기도 했다. 특히 이는 외국에서 파는 비슷한 종류의 식품을 보면 더욱 비교된다. 최근에는 기업들이 이를 많이 줄이겠다고 했지만 그다지 나아진 것 같지 않다. 이렇게 과대 포장된 물품들을 피해 쇼핑하는 것이 그린 컨슈머가 하는 행동 중 하나이다.

reduce는 제품 사용량 감소라고 얘기했는데, 두루뭉술한 느낌이 있어 자세히 설명하겠다. 정확히는 과소비를 줄이자는 것이다. 사람은 먹고 쓰는 것에 한계가 있다. 간혹 가다 '한계'라는 말만 들으면 무조건 이기려 드는 사람들이 있는데, 환경 보호에서 무조건 이기려는 심산은 그렇게 좋지 않다. 우리는 하루에 먹을 수 있는 양이 어느 정도 정해져 있고 음식 자체에도 유통기한이라는 한계가 있다. 이 한계들을 초과해 쌓아둔다면 모두 쓰레기가 된다. 음식물 쓰레기는 한 해에 조 단위의 처리 비용이 든다. 음식물 쓰레기 줄이기도 환경 보호에 중요하다.

reuse는 재사용으로 물건을 한 번 쓰고 버리는 것이 아닌 사용할 수 있는 물건을 다시 사용하는 것으로 일회용품 줄이기 정도가 있을 수 있겠다. 블로그에 나온 예시로는 텀블러 사용이 있었지만 나는 어렸을 때 다른 방식으로 재사용을 많이 했다. 이를테면 플라스틱을 본 목적과 다르게 사용하거나 버리기 직전의 물건들을 모아서 새로운 장난감을 만들었었다.

마지막으로 recycle은 재활용으로 재활용은 앞서 나온 것들보다 예시가 많으니 직접 찾아보았으면 한다. 이외에도 블로그를 더 살펴보니 좋은 내용들이 많아 추가로 더 소개하려 한다.

옷을 살 때 패스트 패션을 피하는 것도 그린 컨슈머가 하는 일이다. 패스트 패션은 최신 유행을 즉각 반영하여 빠르게 제작하고 빠르게 유통시키는 의류를 가리키는 말이다. 우리가 흔히 알고 있는 패스트 패션 브랜드로는 자라, 유니클로, H&M, 스파오 등이 있다. 이 브랜드들의 특징은 가격이 싸고 유행을 빠르게 이끈다는 점인데, 이것이

가능한 이유는 패스트 패션의 제작 과정에 있다. 일반적인 패션 브랜드들이 1년에 네다섯 번 신상품이 나온다면 위 브랜드들은 1~2주 만에 상품들이 교체된다. 이렇게 빠른 생산 과정에서 많은 쓰레기들이 발생하게 된다. 게다가 유행이 빠르게 바뀌기 때문에 소비자들은 또 새로운 옷을 사게 되고 기존에 샀던 옷들은 버려지게 된다. 쓰레기의 양도 만만치 않고 재질 또한 값싼 합성섬유이다 보니 더욱 처리에 많은 시간과 자원이 들어간다. 패스트 패션은 소비자와 기업들에게 혁신적인 의류 생산법이지만 그만큼 문제가 따라온다. 앞으로 옷을 살 때는 조금 더 신중해지면 어떨까?

비건

최근 동물보호와 환경오염에 대한 관심의 증가로 비건의 수도 증가하고 있다. 나도 성장기가 끝나고 성인이 되면 육류 소비를 최대한 줄이고 싶었지만 일부 측면에서는 비건이 건강에 좋지 않다는 말 또한 들려와 이에 대해 자세히 조사해 보고 싶어졌다.

비건은 채식주의자의 한 종류로, 동물성 식품을 전혀 먹지 않는 적극적인 개념의 채식주의자를 말한다. 채식주의자는 8종류로 구분할 수 있으며, 과일과 곡식, 채소, 유제품, 달걀, 어패류, 가금류에 대한 허용을 기준으로 구분한다. 허용하는 것이 많은 순서대로 폴로, 페스코, 락토오보, 락토, 오보, 비건, 프루테리언, 그리고 플렉시테리언이 있으며, 이 순으로 소개할 것이다.

폴로 베지테리언은 붉은 고기(소, 돼지 등)를 허용하지 않는 (가금류 허용) 준채식주의자를 이르는 말이며 점점 육식의 종류를 줄여간다고 한다. 생각보다 폴로 베지테리언은 많아 보이지 않았다. 페스코 베지테리언은 모든 육류를 허용하지 않는 준채식주의자를 이르는 말로 동물보호나 고기 알레르기로 인해 페스코 채식이 많이 사용된다. 내가 하고 싶었던 채식이 바로 페스코 채식이었다. 대다수의 사람들이 페스코 채식이나 뒤에서 설명할 플렉시테리언으로 채식을 시작한다. 락토오보는 모든 육류와 해산물을 허용하지 않는 채식주의자를 이르는 말이며 동물에게서 나오는 우유, 달걀, 꿀 등은 허용한다. 종교적인 이유로 하는 채식이 이에 속한다. 나중에 페스코 채식을 하다가 락토오보 채식을 해보고 싶은 의향이 있다. 여기서 더나아가 유제품과 꿀만을 허용하면 락토 베지테리언, 달걀만 허용하면 오보 베지테리언이다. 비건은 채식주의자를 대표하는 말로서 완전한 채식주의자이다. 오로지 식물성 식품만을 허용하며 균류나 해조류도 허용한다. 쉽게 말하면 동물성 식품을 먹지 않는다는 것이다. 비건은 채식주의자의 대다수를 차지하고 있으며 점점 증가하는 추세이다. 프루테리언은 가장 극단적인 채식주의자이며 식물성 식품 중에서도 과일과 곡식만을 허용한다. 이는 영양 불균형이 일어나기 쉬운 위험한 채식 방법이라 추천하지 않는다. 마지막으로 플렉시테리언은 채식을 하지만 드물게 한 번씩 육식을 하는 준채식주의자를 이르는 말이다. 채식을 하고 싶지만 갑자기 육류를 줄이는 것이 어렵게 느껴지거나 생활 속에서 완전히 채식을 하기 힘들다면 시도 해볼 수 있는 방법이다.

채식에 대한 많은 사람들의 관심으로 요식업계 뿐만 아니라 다른 여러 분야에서도 식물성 제품에 관심을 가지고 있다. 하지만 채식이 유행을 한다고 해서 주변 사람들에게 이를 강요하지는 않았으면 좋겠다. 의식주 정도는 스스로 선택할 수 있어야 하지 않겠는가.

지금까지의 내용들을 정리하기에 앞서 반려동물부터 부록까지 40쪽이 넘는 글을 읽어주어서 정말 고맙다는 말을 전하고 싶다. 가장 먼저, 강아지와 고양이 공장, 유기 동물, 투견, 특수견, 동물 실험 문제를 다룬 반려동물 주제가 있었다. 다른 주제들보다도 문제가 국내에 한정되어 있었기 때문에 개인적으로 더욱 안타까우면서도 속히 해결될 수 있게 적극적으로 돕고 싶다는 생각이 많이 들었었다. 이 글을 읽은 사람들도 같은 생각이 생겼으면 한다. 해결책으로 유독 인식 개선이 많이 필요한 문제들이 많았다. 그다음으로는 밀집 사육(단일 재배)과 전염병, 소와 지구 온난화를 다룬 가축 주제였다. 다른 주제들에 대해 나에게는 중요도의 비중이 낮아서 글을 쓰며 새로운 부분들을 많이 발견해 그만큼 더욱 신선했던 주제였고, 아마 이런 생각을 하는 사람들이 꽤 있을 거라 짐작한다. 평소에 내가 잘 모르는 분야였기에 반성도 하게 해준 주제이다. 가축에 대한 문제들은 당장 적극적으로 손쓰기 어렵다. 하지만 소비자의 작은 선택들이 모여 점진적인 변화를 이끌어 낼 수 있다고 생각한다. 가축과 윤리를 연관지어 내용을 추가하고 싶었지만 아직 내 능력이 글에 의도를 잘 담아내지 못할 것 같아 아쉽게도 넣지 못했다. 세 번째 주제는 숲과 바다, 즉 자연환경에 대한 문제(화학약품 남용, 산림의 중요성, 오염된 물, 무책임한 쓰레기)를 다뤘었다. 어렸을 때는 반려동물 문제를 많이 신경 썼다면 최근에는 기후 변화와 같은 환경 문제에 관심이 많아져 처음 내용 구상이 가장 풍부했었다. 또한 문제에 대한 해결책들이 평소에 보기 드문 독특한 방법들이어서 나도 적으면서 정말 흥미로웠다. 이 주제에서 생태 네트워크와 해결책들을 더 자세히 소개한 부록이 나온 데다 이 글의 제목도 이 주제를 가장 많이 반영했기 때문에 가장 핵심적인 주제를 꼽으라면 단연 이 주제일 것이다. 공식적인 주제로는 마지막이자 멸종이 문제가 되는 이유와 외래종 유입, 무분별한 개발에 대해 다룬 생태 네트워크는 나 스스로도 글을 어떻게 이끌어 갈지 고민이 많았는데 생각보다 잘 써져서 애정이 많이 간다. 이 주제는 다른 주제들과 달리 문제와 그 문제에 따른 해결책을 제시하기보다 한 번쯤 생각을 일깨워주고 싶어 적었던 것이었는데, 의도가 잘 전해졌으면 좋겠다. 그리고 부록은 이 글을 읽고 환경보호에 동참해 보고 싶었는데 방법들이 복잡하고 방대해서 어려울까 봐 추가적으로 적어두었다. 내가 이 글을 적기 전에 이와 같은 어려움을 많이 겪었기 때문에 정말 많이 공감하며 적었는데, 도움이 되기를 바란다.

　동물 보호는 동물 앞에 무릎 꿇고 눈높이를 맞춰 불편한 진실을 있는 그대로 보는 것에서 시작되는 것, 환경 보호는 익숙함과 편리함에서 자발적으로 벗어나 어색하고 불편한 일들에 적응해야 하는 것이라고 생각한다. 하지만 진정 사람의 존엄성을 지키기 위한, 현재 살아가고 있는 삶의 터전을 지키기 위한 일이라면 충분히 가치 있는 일이지 않을까? 그리고 우리는 지구라는 아파트의 한 주민이지 않은가. 사람들만 살고 있는 건 아니니까.

　지금보다 훨씬 더 어렸을 때, 동물과 환경에 관심을 가지기 시작하면서 이를 주제로 책을 한 번 써보고 싶다는 꿈이 하나 있었다. 그때는 내가 어른이 되고 전문가가 되면 책을 쓸 거라고 생각했는데 벌써 하게 되어 아직은 실감이 잘 안 나고 그저 신기하다. 학교에서 쓰는 글은 3장을 넘기기가 어렵기 때문에 갑자기 책을 쓰려니 생각만큼 분량이 안 나와 정말 많은 고민을 했었다. 나는 글을 길게 쓴다고 생각하고 책을 쓰는 것도 비슷할 것이라고 예상했는데, 나 자신을 돌아보는 의외의 계기가 되었던 것 같다. 아마 다시 학교에서 이전처럼 글을 쓰게 된다면 많이 답답해할 것 같다. 그러고 보니 이 상황이 마치 지금의 나 같다. 넓은 바다에 살던 물고기는 수족관이 답답해 발버둥치고 있다.

　이 책을 쓰면서 우여곡절은 분량뿐만이 아니었다. 바로 목차와 그에 따른 자료조사였다. 목차를 정해놓고 글을 하나하나 추가하려는데, 주제가 너무 방대해 꼬이고 잊어버리고 겹치고 자습시간 내내 목차와 그 내용만을 고민한 적도 있다. 게다가 '독자가 직접 찾아볼 수도 있다'라는 가정하에 꼼꼼히 쓰려다 보니 단어 하나, 명칭 하나에 창을 너댓 개씩 띄워놓고 신중히 사용했다.

　글을 쓰면서 개인적으로 새로 알게 된 것이 정말 많았다. 평소에 알기만 하고 잘 몰랐던 주제들도 있는데, 이 기회로 더 깊게, 더 많이 알게 된 것에 큰 감동과 자부심을 느낀다. 이참에 이 자리를 빌려 내게 책을 쓸 기회를 만들어 주신 모든 분들께 감사하다는 말을 전하고 싶다.

　어쩌면 가장 어려운 건 편집 후기를 쓰고 있는 지금도 고민하고 있는 '재미 요소 추가'인 것 같다. 나름 비유도 쓰고 문장도 짧게 줄여 재밌고 임팩트 있게 썼다며 뿌듯해했는데 읽으면 매번 딱딱하다. 슬프다. 게다가 정확한 정보 전달과 설득을 목적으로 하는 글이라 부드럽게 쓰기가 더 어렵다. 심지어 엄마가 읽어보고는 분위기가 너무 가르치려 드는 것 같았다고 해서 많이 놀랐다. 내가 넣은 많은 질문들은 다 분위기를 부드럽게 하기 위해서 적은 것이다.

제발, 혹시나 엄마처럼 느꼈다면 후기를 보고 오해를 풀었으면 좋겠다.

(나 꽤 말랑한 사람이에요. 힝)

비록 내 글이 재미있는 글은 아니더라도 담백함 속에 담긴 내 생각과 마음을 느낄 수 있다면 충분히 매력으로 다가올 수도 있다. 스스로 이번 책을 쓰면서 많이 성장했음을 체감하고 있다. 부디 이 책을 읽는 사람들도 무엇인가 느낄 수 있다면 그보다 더 큰 보람이 없을 것 같다.

◆ 사후
7일차

이고원

작가소개

- -

새본리중학교 2학년 이고원이다.

어릴 때부터 이야기를 만드는 것을 좋아했고, 그것이 글을 쓰게까지 만들었

다. 책쓰기 동아리 활동을 하다 보니 최근 취미는 고전 소설읽기가 되어버렸다.

많이 부족하지만 이렇게 좋은 기회를 얻어서 정말 좋다.

나의 첫 사후 7일차까지의 일기

저승의 밑 낯을 밝힙니다!?

— 황천의 대작생(代作生) 소속 김온유 씀

사후 1일차

내가 처음 죽음을 맞이하고 들은 소리는 드라마에서 늘 나오던 조용함이 아닌 세일이 한바탕 벌어진 마트 한 복판에 서있는 소리였다. 거기에 간간히 들려오는 다른 나라의 말들의 방송은 정말 골 때리게 시끄러웠다.

"아……."

눈을 떴을 때는 늘 상상하던 고요의 공간이 아닌 오히려 주위의 벽은 온통 검은 색이었고, 온갖 언어의 사용자들이 이리저리 돌아다니고 있었다.

벽을 짚고 일어난 나는 이 벽이 그냥 검은색이 아니라는 것을 알아차렸다. 벽에는 우리가 흔히 유명 맛집이나 관광지에 가면 벽에 우리의 흔적을 남기는 것처럼 저승의 벽도 예외는 없다.

당장 손 밑 만해도

"2006/12/12 THE AFTERLIFE HAS COME!"

"1995/9/23 다녀감."

"1900/11/1 도착!"

여러 사람들이 남긴 흔적들이 한 곳에 뒤엉켜 있었다.

몸을 일으키고는 나는 주위를 둘러보았다. 모두들 어디론가 향하고 있었다. 나도 따라갈까? 라는 생각이 한순간 밀려왔지만 저들이 어디로 향하는지 몰라서 관두었다.

"어디로 가야 하나?"

그때 한숨을 푹 내쉬며 내뱉은 내 혼잣말소리가 공기가 되어 사라지기 전 안내방송이 들려왔다. 나중에 알았는데, 나는 참 운이 좋은 편이었다. 이 안내방송 꽤나 다양한 언어로 하기에 한 번 놓치면 대략 한 시간 정도 기다려야 한다.

"환영합니다. 제각기로 죽은 여러분, 이곳은 저승, 사후세계라고도 부르는 그곳입니다. 일어나셨으면 팔목을 확인해 주세요. 바코드가 있으신지 확인 후 없으시면 근처 사무원에게 문의 주세요. 한국인 분들은 S-76 구역으로 오시면 사후민증을 발급해드립니다."

방송은 끝나자마자 또다시 다른 언어로 나오기 시작했다. 방송을 듣고 팔목을 확인해 보니 정말로 짧은 바코드가 새겨져 있었다.

"S-76 구역. S-76."

혹시 잘못된 구역으로 가면 큰일이 날 것 같은 생각에 나는 방송에서 말한 우리나라의 구역을 철저하게 외우며 발걸음을 옮겼다.

"여기인가?"

종종 걸음으로 걸으니 생각보다 빨리 도착했다. 도착하자마자 또 다른 안내 방송이 막 들려왔다.

"바코드 번호를 잘 확인 후 창구로 와주시길 바랍니다. 재 안내합니다. 바코드 번호를 확인 후 창구로 와주세요."

그때 나는 방송을 듣자마자 나는 내 바코드 번호를 대충 확인했다. 나중에서야 안 사실이지만, 바코드 번호를 잘 확인 안 하고 가면 무려 엄청난 불이익을 받을 수 있다고 한다.

하지만 그때는 길게 늘어선 줄이 보이자 벌써 기다릴 생각에 저절로 짜증이 났다. 하지만 생각보다 오래 기다리지 않아도 앞의 사람들은 빨리빨리 없어졌다.

'역시 빨리 빨리의 민족!!' 같은 생각을 하며 구경하고 있으니 어느 샌가 내 이름이 불려왔다.

"바코드 번호 1992번 김 온유님 5번 창구로 와주세요."

5번 창구로 달려가니 흡사 우리나라 은행과 같은 모습이었다. 아니 그냥 은행 그 자체였다.

"바코드 확인하겠습니다."

사무원분은 내 바코드를 스캔하고는 몇 초 만에 사후민증을 만들어 주었다.

사후민증이란 저승세계의 생명이자 주민등록증이자 카드이자…
아무튼 여러 가지 역할을 담당하고 있어 이것이 없으면 저승에서 생
활 자체를 못하게 된다. 게다가 잃어버리면 재발급이 어렵다. 사후민
증에는 기본적으로 주민등록증과 같은 것들이 들어가고 추가로 사
망원인/사망당시 나이를 기록해 주니 사망원인을 모르고 있었다면
사후민증을 발급받은 후 살펴보면 된다. 참고로 나는 사후민증에 적
힌 사망원인을 보니 교통사고였는데, 정작 왜 교통사고를 당했는지
기억이 안 나서 엄청 곤란했다.

이럴 경우에는 사후민증을 발급받은 곳에서 물어보면 친절하게 말
해 주니까 기억해두면 좋겠다. 아무튼 사후민증을 발급받고 나면 추
가로 몇몇 물건이랑 통장 같은 걸 주는데, 이 통장에는 살아생전 자
신의 선행을 재화로 환전시켜서 지급해 준다. 그러니까 살아생전 선
행을 많이 하는 걸 추천한다.

고등학교 정도 다녔다면 봉사시간에 하는 선행도 포함시켜 주니 모
두 기본적으로 몇 십만 원씩 손에 쥐고 시작한다고 보아도 무관하다.

나는 원고지 한 뭉치와 만년필 한 자루를 받았다.

주는 물건은 사람마다 다른데, 생전 자신과 가장 밀접하게 관련 있
는 물건을 준다. 이 물건들은 나중에 환생 절차 중 미련을 찾을 때 유
용하게 쓰이니 잃어버리면 안 된다는 구구절절한 설명을 듣고 나니
사무원분은 나가는 문을 설명해 주었다.

이렇게 무사히 발급을 받고 나오니 보이는 풍경은 서울을 그대로
베껴 놓았다고 해도 무관할 정도로 서울 그 자체였다. 나오자마자 누

군가가 나에게 다가왔다.

"저기…… 김온유 씨?"

"네? 누구세요?"

부르는 소리에 황급히 뒤돌아보니 화려한 옷을 입은 분이 있어서 깜짝 놀랐다. 내가 놀라자 화려한 옷을 입은 그 분은 내 반응이 익숙하다는 듯이 웃으며 자신을 소개했다.

"저는 앞으로 49일간 온유 씨의 저승적응을 도와드릴 9급 차사 유인황이라 합니다. 이모저모 잘 부탁드려요."

"아, 네. 잘 부탁드려요."

나의 대답을 들은 인황님은 사람 좋게 웃으며 긴 생머리를 단정히 묶고는 나에게 말을 건네었다.

"저승에 오신 건 처음이지요? 일단 묵으실 곳으로 안내해드릴게요."

숙소를 무료로 제공해 준다는 말에 나는 신기함과 함께 인황님에게 이끌리듯 따라갔다. 따라가자 인황님은 익숙하게 아파트의 도어락을 열고 집안으로 들어가더니 말했다.

"여기가 온유 씨가 머무실 숙소에요. 이곳은 사후 49일까지 무료로 대여해드리고 49일 후에는 비워주시면 됩니다."

"네네……."

나는 인황님의 말을 들을 여유가 없었다. 왜냐하면 임시로 주어진 집이긴 하지만 일개 대학생인 내가 언제쯤 이런 집에 살 수 있었겠는가. 아마도 평생 일해도 이만한 집을 얻기는 힘들었을 것이었다.

거실의 통유리를 덮은 핏빛 커튼을 활짝 여니 한강 뷰? 아니 삼도천 뷰가 가득히 들어왔다. 거실의 유리에 한 마리의 매미처럼 딱 붙어서 밖을 구경하는 나를 보고 인황님은 조용히 내일 다시 오겠다고 하고는 나갔다.

사후 2일차

아침 이른 시간부터 누군가가 문을 두드리는 소리에 급하게 몸을 일으켜서 일어났다. 문을 여니 문 앞에는 인황님이 있어서 조금 깜짝 놀랐다.

"안녕하세요. 온유 씨?"

"안녕하세요……."

인황님은 손에 들고 있던 선물을 내 손에 쥐어주며 집안으로 들어왔다.

"뭐예요? 이거……."

"서천꽃밭의 꽃으로 만든 꿀이에요. 은근히 맛있답니다."

"아, 감사합니다."

"그럼, 이제 본격적으로 대화를 시작해 볼까요?"

그 말을 끝으로 인황님은 거실에 들어와 나에게 종이 한 장을 보여수며 말을 시작하였다.

짧게 요약하자면 내가 머물고 있는 곳은 정확히 말해서 황천이고, 정말 치안이 훌륭한 곳이라고……. 사실 이 내용보다는 뒷부분의 말이 더 흥미롭게 다가왔다.

바로 49일 동안 무얼 해야 하는지에 관해서…… 라는 내용이었다. 이것도 짧게 적자면 모든 사람들은 이곳에서 기본 49일 동안 머물게 되는데 그 49일 동안 7일마다 이승에 관한 흔적을 지우거나 남은 미련을 해결한다고 했다. 그리고 그 첫째 날인 사후 7일에는 자신의 미련을 알아본다고 하였다. 그 말을 들은 나는 나에게 미련이 있었는지에 관해 곰곰이 생각해 보았지만 역시 대한민국의 대학생은 미련보다는 당장 학자금 대출이라든지 다음 주부터였던 인턴십에 불참하게 되어서 기쁘다는 것밖에 생각이 나지 않았다.

그리고 이제부터 나중에 황천 생활에서 꼭 선택해야 하는 선택지를 말해 주었는데, 이 글을 읽는 분들은 나중의 황천 생활을 위해 한 번쯤 깊게 생각해 봐도 될 듯한 선택지였다.

바로 사후 49일 동안 머물다가 / 미련을 해소하고 환생할지
VS
사후 49일이 지난 후에도 황천에 남을지

물론 후자는 평소에 엄청나게 선행을 베풀지 않았던 이상 황천에서도 돈을 벌어야 한다. 황천의 직업은 사천꽃밭 감독원이나 공무원급인 차사 등등 꽤나 많아서 한번 진지하게 생각해 볼 만 하다. 인황님은 이 이야기를 장황하게 늘어놓다가 시계를 보고는 이만 다른 분께 찾아가야 된다며 급히 자리를 비웠다. 옆에 놓인 달력을 보니, 오늘은 내 사후 2일째였다. 내 남은 미련은 무엇일까……?라는 생각을

하며 무료하게 삼도천을 바라보았다.

사후 3일차

　인황님은 사후 6일차에 다시 온다고 하였고 오늘도 삼도천은 잔잔히 흐르고 있었다. 솔직히 죽고 나면 편해질 줄 알았는데, 아니다. 이 무료함은 정말 견딜 수가 없었다. 그래서 무작정 통장과 사후 민증을 챙겨서는 밖으로 나왔다.

　"편의점이라도 있나?"

　편의점은 놀랍게도 내가 사는 아파트 밑에 당당하게 위치해 있었다.

　"와…… 저승도 이런 게 있구나."

　혼잣말로 중얼거리자 누군가가 내 말을 잇듯이 대답을 해주었다.

　"생각보다 별의별게 많아요. 백화점도 있는 걸요."

　"네?!"

　갑자기 들려오는 말에 뒤돌아보니 안경을 쓴 내 또래처럼 보이는 여성분이 편의점에서 산 음료를 홀짝이며 있었다.

　"아, 안녕하세요? 윤윤슬이에요. 요 며칠 전에 오신 분 맞죠?"

　"네. 김온유라고 해요."

　사교성 엄청 좋으시다. 라는 생각을 속으로 수백 번 되뇌고 있을 즈음, 윤슬 씨는 웃으며 말하였다.

　"아, 온유 씨는 여기에 머무실 거예요? 아님 환생하실 거예요?"

"저는 아직……."

"그렇구나. 뭐, 하긴 그때쯤 정하는 게 어렵긴 하지요. 도움이 필요하면 불러요! 바로 옆집이니까."

"네에……? 네."

윤슬 씨는 이 말을 끝으로 아파트로 들어갔다. 나는 들어가는 윤슬 씨를 바라보다가 편의점에서 간단한 음료를 사고는 다시 집으로 들어갔다.

사후 4일차

어제 편의점에서 샀던 과자들을 먹다 보니, 어제 윤슬 씨가 말한 백화점이 궁금해져서 내친김에 가보기로 하였는데, 아무래도 나는 저승 초짜니 결국 윤슬 씨에게 찾아가 사정을 설명하고는 같이 백화점으로 향했다.

"근데, 이곳에서 옷을 왜 사요. 윤슬 씨?"

"음, 아마도 나중에 가족들 꿈에 찾아갈 때, 나 잘 살고 있다~를 보여주기 위해서 아닐까요?"

"가족들 꿈에 나올 수 있어요?"

"네, 사후민증 발급받은 곳 3층에 보면 그쪽 관련 부서가 있어요. 왜요? 찾아갈 사람이라도 있어요?"

"아…… 네."

나는 윤슬 씨의 말을 듣고는 가만히 백화점을 둘러보다가 주황색 원피스를 하나 골랐다. 5만 원, 비싸네. 라는 생각을 하다가 이왕 사는 거 풀세트로 사자며 부추기는 윤슬 씨 때문에 덩달아 신발, 목걸이, 살아 있을 적에는 하나도 안 샀던 것들을 마구 사버렸다. 덕분에 백화점을 나올 때는 두 손이 빵빵해져서 나와 버렸다.

"오늘 같이 와주셔서 감사해요, 윤슬 언니."

"에이, 아냐. 그럼 잘자!"

또 윤슬 씨와 말을 놓아버렸다. 사후세계에서 처음 말을 놓은 상대가 윤슬 언니라 내심 다행이라고 생각했다.

사후 5일차

"여기인가? 사후민증을 발급받았던 곳 3층이라고 했으니까."

근데 도대체 어떻게 해주는 것일까? 묘한 궁금증을 가지고 나는 천천히 계단을 올랐다.

"안녕하세요. 무엇을 도와드릴까요?"

"아, 그 꿈 관련해서요.."

"아, 이쪽으로 모실게요."

천천히 걸어가며 주위를 둘러보니, 다 다른 연령대의 사람들이 각자의 가족에게 영상편지처럼 자신의 가족에게 하고 싶은 말을 하고 있었다. 들어보니 주 내용은

"노잣돈 좀 넉넉히 다오."라던지

"그니까 내 통장비번은 3526이라고 엄마, 까먹지 말고 3526!! 알겠지?"

같은 돈 문제가 주를 이루었다. 간혹 가다가는 비속어가 섞인 저주의 말도 들려왔다. 직원 분은 친절하게 나를 방송실 스튜디오 같은 곳에 데려다 주고는, "즐거운 시간 되세요~"라며 문을 닫고 나갔다. 하지만 나는 아무에게도 꿈에 나타날 자신이 없어서 결국 아무 말도 하지 못한 채 그대로 나와서 다시 숙소로 돌아와서는 그저 아무 말 없이 침대에 파묻혔다. 나는 아직 말을 꺼내기에는 용기가 없었다.

사후 6일차

어제의 일 때문인지, 기분 나쁜 꿈을 꾸고는 늦게 일어났다. 일어나고 나는 받은 그대로 책상 위에 놓아둔 나와 전혀 관련이 없어 보이는 미련을 찾을 때 도움이 되고 꽤나 중요한 물건이라고 하며 첫날 받은 물건들인 원고지와 만년필을 바라보며 내 미련을 생각해내려고 노력했다. 하지만 정말 이것이 내 미련은 맞는 건지 모르겠다는 생각만 나를 지배하였다. 아무리 원고지와 만년필을 보아도 미련은커녕 잡생각만 났다. 그렇게 몇 분이 지났을까. 누군가가 문을 두드렸다.

그러다가 잊고 있던 인황님이 오늘 온다는 사실이 떠올라, 재빨리 문을 열자 인황님은, "드디어 내일이네요. 그거 생각해 보셨어요?"

라며 웃음기를 거두고 말하였다.

　그 말을 듣자 아, 벌써 첫 번째 7일이 찾아 왔구나를 실감했다. 생각해 둔 방도는 딱히 없어서 가만히 이야기를 듣기만 했다. 이야기는 생각보다 빨리 끝나서 인황님은 내일 보자며, 인사를 건네고는 다른 분께 향하는 듯 서둘러 발걸음을 재촉하였다. 나는 조금 적적한 마음에 윤슬 언니네 집 문을 두드리자, 언니는 기다렸다 듯이 나와서 나를 맞았다.

　"내일이 7일째인가?"

　"네……."

　"어때, 그거 선택했어?"

　"아, 아뇨. 아직 선택은 못했어요. 내일 결정하려고요."

　내 말에 윤슬 언니는 한번 싱긋 웃으며 나를 한번 꼭 안아주고는 말하였다.

　"뭐, 그게 쉽게 결정되는 것이 아니니 말이야. 어찌되었든 내일 힘내."

　"네……!"

　"내일 일찍 가면 좋으니까, 일찍 자둬 잘 자, 온유야."

　윤슬 언니는 다시 한번 나를 꼭 안아주고는 어서 자라며 내 등을 떠미는 바람에 나는 얼른 들어와서 감기지도 않는 눈꺼풀을 닫으며 억지로 잠을 청했다.

사후 7일차

그렇게나 늦게 잤음에도, 아침에 일찍 눈이 떠져 버렸다.

부스스한 차림으로 밖에 나와 보니 인황님은 나를 기다리고 있어서 나는 조금 당황스러웠다.

"아, 안녕하세요?"

"온유님! 좋은 아침이에요! 어서 갈까요?"

"네."

"정말 오늘 날씨는 좋은 것 같아요!"

"그러게요."

보기에는 어제 저녁과 별반 다를 것이 없는 붉은 빛의 하늘인데 인황님의 말을 듣고 보니 오늘은 왠지 바람결이 다른 것 같았다. 실없는 수다를 나누며 걷다 보니 우리는 사후민증을 발급받은 곳의 옥상층에 도착했다. 무언가 대단한 것을 이용해서 내 미련을 알아보는 것일까? 라는 나의 기대와는 달리 그곳에는 그저 잔잔한 호수와 마치 조선시대 왕들이 앉았을 법한 의자 밖에 없었다.

"여기에 앉아주세요, 온유님!"

"네?"

"어서요!"

인황님은 웃으며 나를 의자에 앉히고는 말씀하였다.

"이제 이 호수를 바라보며, 생각나는 것을 말해 주세요. 그것이 온유님의 미련이니까요."

호수는 괜스레 돌을 던져서 잔잔함을 깨고 싶을 정도로 정말 잔잔

했다. 하지만 잔잔한 호수를 보고 있자니 졸음이 올 뿐 역시 생각나는 것은 없었다. 미련은 역시 없다고 호수와 같이 고요한 분위기를 깨고 말하려는 순간 나른함에 빠져 있던 머릿속에 미련이라 할 만한 것이 떠올랐다.

…… 작 가

어쩔 수 없는 가정 사정 때문에 놓아버렸던 어릴 때부터 찬찬히 준비하던 내 꿈인 작가가 아무래도 내 미련인 듯했다. 한번 물꼬를 튼 미련은 우후죽순 나오기 시작했고, 나는 이것이 정말 미련이라 칭할 수 있는 것이 맞는지 고민하다가 미련과 함께 같이 튀어나온 기억 때문에 웃음을 터뜨려버렸다.

기억과 함께 찬찬히 돌아본 나는 정말 이것이 내 미련이 맞는다는 걸 인정했다. 나를 여기로 이끈 교통사고를 당한 원인도 원고 제출일이 10일 남은 공모전에 원고를 제출하려다가 무단횡단으로 죽은 것이었다. 덕분에 내가 무슨 말을 가족들에게 하려했는지도 떠올랐다.

엄청나게 공들여 쓴 원고라 가족들에게 부탁한다는 말을 하고 싶었던 것이었다.

'정말로 이런 것도 미련이구나.'를 되새기며 나는 내 앞에 가만히 서있는 인황님을 바라보며 입술을 달싹이며 말을 꺼내었다.

"미련이 있는 것 같아요."

나의 말에 인황님은 해맑게 웃으면서 재촉하는 말투로 나에게 물었다.

"뭔가요? 온유님의 미련은?"

다른 사람들은 이곳에서 "자유롭게 여행을 가고 싶어요."나 "대회에서 우승하고 싶어요." 같은 굉장히 엄청난 미련을 말했을 것 같아서, 나는 고민하다가 조그만 목소리로 내 미련을 말하였다.

　"그게…… 제 꿈이었던 작가가…… 제 미련인 듯해요. 근데 여기서 이룰 수 있을지 모르겠네요."

　내 미련과 작은 칭얼거림을 들은 인황님은 그 특유의 사람 좋은 미소를 지으며 말하였다.

　"걱정 마세요, 은유님. 망자의 남은 미련을 해결해 주기 위해서 이곳 황천은 존재하는 거랍니다. 작가라는 꿈도 이룰 수 있으니 걱정 마세요."

　"이룰 수 있다니…… 어떻게요?"

　인황님의 대답에 다급해진 나는 인황님의 말의 끝 부분을 조금 잘라먹고 물었다. 그런 나의 태도에 인황님은 빙그레 웃으며 마저 말을 이어서 하였다.

　"온유 씨, 혹시 영감이라 들어 보셨어요?"

　"그 갑자기 머릿속에 생각난다는 그 영감이요?"

　"네, 그게 사실은 온유 씨같이 미처 꿈을 이루지 못하고 저승에 온 분들이 이승의 사람들에게 자신이 생전에 쓰던 작품이나 자신이 생각하던 작품을 알려 주는 것이거든요. 그런데 단점은 그 작품은 온유 씨의 작품이 되지 못한다는 점이지요."

　"네? 제 작품이 아니라면 그게…… 무슨 소용이에요?"

　나는 인황님이 말한 단점이라는 것을 듣자마자 일말의 고민도 없이 튀어나왔다. 인황님은 내가 좋아할 줄 알았는지, 그런 나를 본 인황님은 조금 놀란 표정이었지만 금세 표정을 고치고, 잠시 생각하더니 나에게 질문을 했다.

"온유님은 자신이 글을 쓰기만 하면 상관없는 건가요?"

나는 내가 직접 글을 쓸 수 있기만 하면 되어서 인황님의 말에 얼른 고개를 끄덕였다.

"그럼, 환생 대신에 이곳 황천에서 일해 보는 건 어떤가요?"

"네?"

나는 당황할 수밖에 없었다. 그야 나는 대다수의 사람들처럼 여태껏 환생을 목표를 하며 지내고 있었기 때문이다. 인황님은 나를 보면서 어떤 직업에 대해 추천해 주며 말하기 시작하였다. 인황님이 추천한 직업은 '대작생(代作生)', 즉 남의 삶, 그러니까 남의 인생을 대신 써주는 황천의 작가 같은 직업이었다. 내가 쓴 인생은 정말로 다음에 환생하는, 새로이 태어나는 혼들의 인생이 된다고 하였다. 나로서는 정말 마음에 들 수밖에 없는 직업이었다.

그렇게 미련과 새로운 계획을 찾은 나는 웃으며 센터를 빠져나왔다. 센터를 나온 후 나의 임시거처에 도착해서 윤슬 언니에게 이 소식을 전하자 윤슬 언니는 마치 자신의 일처럼 축하한다며 내 어깨를 팡팡 두드렸다.

나는 기쁜 마음으로 들어와서는 새빨간 황천의 하늘을 바라보며 지금이라도 꿈을 이룬 것에 기뻐하며 침대에 누웠다. 앞으로 이곳에서 살아갈 날들이 괜스레 기대가 되어서 잠을 잘 수가 없었다.

침대에 누워 생각해 보니 항상 황천의 하늘은 붉은빛이었지만, 그날 센터를 빠져나오며 바라본 하늘은 나의 미련을 찾은 걸 축하라도 하듯 이 이때까지 황천에서 한 번도 본 적이 없었던 푸르고 푸른빛이었다.

많은 사람들은 왜 죽으면 끝이라 생각할까. 소중히 간직했던 무엇인가 놓치지 않았던 것이 있다면 다시 시작할 수 있다. 황천에서도.

나도 기억이 안 날 정도로 예전에 미리 써두었던 1~2일차와는 다르게, 나머지 회차는 계속 생각하며 썼기에 모자람과 급전개가 많았던 것 같다. 특히 결말 부분이 급전개가 심한데, 결말 부분이 마음에 안 들어서 여러 번 바꾸었기 때문이다. 하지만 예전에 써놓은 글인 만큼 다시 살려서 쓰는 것이 재미있었다.

사실 이렇게 긴 장편은 처음이다. 항상 3000자 많아봤자 4000자를 쓰는 나에게는 조금 버거웠고 쓰면서 고민도 많이 했다. 쓰면서 제일 고민을 많이 한 부분은 단연코 주인공과 주제였다. 딱히 주인공이 자신의 환생을 바라는 것도 아니고, 그렇다고 마지막에 다시 살아나는 것도 아닌 애매모호함이 계속 맴돌았던 것 같다.

주인공 김온유는 그 당시에 좋아했던 한자어에서 이름을 따왔다. 그래서 성격이 자신이 죽었음에도 빨리 적응하고 온화한 면모를 보여줄 수 있었다.

두 번째 주인공이라 할 수 있는 인황 차사는 실제로 저승차사 이름 중 하나를 가져와서 사용했다. 작중의 배경이 되는 저승은 처음에는 저승이 이런 곳이면 어떨까? 라는 물음에서 시작해서 살을 붙이다 보니 이렇게 큰 설정이 되었다. 마음에 드는 설정이라 다음번에도 이 설정으로 긴 장편을 써보고 싶은 마음이 든다.

부록편

사랑에 대한 우리들 생각은?

Q1. 나에게 사랑은 (   )이다.

A1. 조서현 : "나에게 사랑은 동전이다."

처음에는 작은 가치이지만 차근차근 모이다 보면 어느 새 큰 가치를 이루고 있다고 생각하기 때문입니다.

A2. 류현서 : "나에게 사랑은 여름이다."

저에게 사랑은 꼭 여름 같습니다. 제게는 지나가고 나서야 깨달은 여름도 있었고, 찾아오기를 손꼽아 기다린 여름도 있었습니다. 사랑도 그랬습니다. 늦게 알아챈 사랑도, 불쑥 찾아온 사랑도 모두 저와 함께한 사랑이었습니다. 싱그러운 여름과 닮은 사랑하는 사람들. 제가 사랑한 것들은 모두 싱그러웠습니다.

(말하고 보니 여름을 광적으로 좋아하는 사람 같기도 한데 저도 쓰러질 듯한 여름의 더위는 별로 좋아하지 않습니다. ㅎㅎ)

A3. 최혜연 : "나에게 사랑은 바다이다."

바다가 한없이 넓고 아직 사람들이 모르는 것도 많은 것이 사랑과 닮았다고 생각했어요! 그리고 지구에서 생명체가 가장 처음 탄생한 곳이 바다인 것처럼 우리 모두 사랑에서 시작하고, 삶에서 사랑이 꼭 필요하다는 점이 비슷하지 않나요?

A4. 이고원 : "나에게 사랑은 초콜릿이다."

처음에는 달달하지만 사랑을 하다 보면 예상치도 못한 일들도 생기기에 나중에는 텁텁함과 달달함을 넘어선 쓴맛까지도 느끼게 해주는 초콜릿이 제일 적당하다고 생각한다. 그리고 먹고 시간이 조금 지났더라도 갑자기 느껴지는 단맛과 씁쓸한 맛이 섞인 잔맛은 사랑을 잊거나 끝냈음에도 갑자기 그때의 기억과 같은 것이 떠오르는 것과 닮았기 때문이다.

Q2. 사랑을 해본 적 있나요?

A1. 조서현 : 저는 해본 적이 있다고 생각합니다. 저는 태어나고 자라면서부터 사랑을 많이 받았고 저도 그 사랑을 좋아했기 때문에 받은 사랑으로 사람들과 또는 사람이 아닌 물건 또는 추상적인 단어들과도 계속 사랑을 하고 있다고 생각합니다.

A2. 류현서 : 저는 항상 사랑을 합니다. 그 대상이 사람이 아닐 때도 많고요. 저는 주변 것들에 애정을 많이 쏟는 편이고, 한번 쏟은 애정을 쉽게 지워버리지도 않습니다. 결국 제가 들인 애정들이 모여 사랑이 되고, 그 사랑들이 모여

저를 항상 사랑하는 사람으로 만든 것 같습니다.

A3. 최혜연 : 매일이 사랑의 연속 아닐까요? 가족들을 사랑하고 있고, 팬 활동도 열심히 하고, 자연 환경 생각도 자주 합니다. 그리고 저 스스로를 사랑하고 있으니 아무래도 사랑을 하지 않은 날이 손에 꼽을 것 같아요. 사랑을 하게 된 계기는 어떤 사건으로 사랑이 시작되는 게 아니라 반복적으로 보면서 스며드는 방식으로 시작해서 계기라 말하기가 어려워요. 대신 동식물과 환경을 사랑한 계기를 말씀드리고 싶어요. 이 모든 과정의 시발점이라고 할 수 있는 건 저희 집 강아지 콜라에요. 콜라를 처음 분양받았을 때 나중에 이 작은 강아지가 아프면 꼭 내가 살려주고 싶다는 생각이 수의사의 꿈을 가지게 해주었습니다, 그 꿈으로 나아가는 과정에서 처음에는 동물, 그다음은 식물, 마지막으로 지구의 환경까지 관심을 가지게 되었습니다. 먼 훗날에 제가 제 인생을 돌아보아도 가장 큰 인연은 콜라겠죠. 콜라가 준 꿈 때문에 바쁘게 산다고 정작 콜라를 잘 못 챙기던 지난날이 생각나네요. 집에 가면 안아줘야겠어요.

A4. 이고원 : 초등학교 5학년 때 햄스터들을 내 멋대로 데려왔다. 무작정 데려왔지만 유명 커뮤니티를 보면서 하나하나 다시 공부하며 처음부터 다시 용품을 준비하고 햄스터

에 대해 공부하고, 남부럽지 않게 하려고 했었다. 지금 생각해 보면 그것도 걔네들에 대한 사랑이 있었기에 가능했다고 생각한다. 돌이켜보면 가족이 아닌 다른 생명체에게 이렇게 열과 성을 다하며 대한 것은 걔네들이 처음이었다.

Q3. 내가 받고 싶은 사랑은? 내가 주고 싶은 사랑은 무엇인가요?

A1. 조서현 : 저는 소소하지만 큰 행복을 느낄 수 있는 사랑을 받고 싶습니다. 함께 하는 순간은 소소해도 그 속에서 큰 행복을 느끼는 사랑이 저에게는 가장 이상적인 사랑인 것 같기 때문입니다. 또 내가 주고 싶은 사랑도 작은 일이어도 함께 큰 행복을 느낄 수 있는 사랑을 주고 싶습니다.

A2. 류현서 : 저는 든든한 사랑을 받고 싶습니다. 항상 제 편이라는 느낌을 주는 사람과 사랑을 해보고 싶어요. 그런 사랑을 받은 저는 은율이 같은 사랑을 주고 싶습니다. 상대방이 어떤 모습이든 있는 그대로 사랑해 주는 사랑이요. 그 사람의 전부를 사랑할 수 있다면, 사랑을 주는 사람

도 받는 사람도 얼마나 즐거울까요. 조금 뜬금없는 말이지만 저는 '내가 모자란 만큼 너는 조금 모나 있거든.' 하는 노랫말을 좋아하는데요. 처음 이 노랫말을 보고 감탄했던 기억이 납니다. 모자라면, 모나 있으면 어떻습니까. 완벽하지 않아도 서로가 서로에게 꼭 맞는 사랑이라면, 그것보다 행복한 사랑이 또 있을까요?

A3. 최혜연 : 받고 싶은 사랑은 이미 충분해서 그다지 없는 것 같아요. 주고 싶은 사랑도 열심히 실천 중이라 해보고 싶은데 아직 안 해본 건 없어요.

A4. 이고원 : 받고 싶은 사랑은 어떤 의미라도 가볍지 않은 사랑이었음 좋겠다고 생각한다. 주고 싶은 사랑도 받고 싶은 사랑과 동일하게 내가 주는 사랑을 받는 상대가 가볍다고 느끼지 않는 사랑을 주고 싶다.

Q4. 작품 속에 어떤 사랑이 녹아 있나요?

A1. 조서현 : 북극 부동산에는 비록 릴의 일방적인 사랑이었지만 폴라와 릴의 친구 간의 사랑, 우정이 녹아 있고 릴과 가족 간의 사랑인 가족애가 녹아 있습니다.

A2. 류현서 : 저는 작품 속에 다양한 모습의 사랑을 담으려고 노력했습니다. 소리를 사랑하는 할머니, 소리와 엄마 간의 사랑, '집'을 사랑했던 소리와 은율이, 코스모스처럼 조그만 것을 사랑하는 소리. 그 외에도 책 속에 녹아 있는 사랑은 참 많습니다.

A3. 최혜연 : 생명존중 자연 사랑이죠! 제가 하는 이 사랑은 혼자서 지키기엔 너무나 힘든 사랑이라 많은 사람들이 함께 사랑해 주었으면 하는 마음에 이 글을 쓰게 되었어요.

A4. 이고원 : 사랑을 떠올리면 대부분의 사람들은 인간 대 인간으로 주고받는 호감의 감정을 떠올릴 것이다. 하지만 국어사전 속의 사랑은 꼭 인간에게만 국한되어 있지 않다. 국어사전에서는 사랑을 어떤 사람이나 존재를 몹시 아끼고 귀중히 여기는 마음. 또는 그런 일. 어떤 사물이나 대상을 아끼고 소중히 여기거나 즐기는 마음. 또는 그런 일. 이라고 명시 해놓았다. 따라서 사후 7일이라는 작품 속에는 글쓰기라는 것을 향한 온유의 사랑이 녹아 있다.

Q5. 모자람 없이 온전한 사랑을 표현한 책 속 구절은?

A1. 조서현 : "아빠의 발에 차가운 물이 스며들고 있다."

이 구절이 모자람 없이 온전한 사랑을 표현했다고 생각합니다. 왜냐하면 아빠가 오직 릴을 사랑하는 마음으로 위험함을 알면서도 무릅쓰고 릴을 따라왔다는 것 자체로 진심으로 사랑하지 않는다면 할 수 없는 일인 것 같고, 평소에는 일을 한다고 바빠 겉으로 표현되지 않았던 마음을 아빠가 진심으로 릴을 사랑하고 있다는 마음 가장 잘 드러나 있는 부분이라고 생각이 들었기 때문입니다.

A2. 류현서 : "왜냐면 딱 지금 같은 시간이 좋아서. 조용하고 예쁘고. 그래서 데려왔어."

소리와 은율이가 처음 '집'에 갔던 날, 은율이가 해주었던 말입니다. 사랑하면 좋은 것을 나누고 싶어지지요. 자신이 가장 좋아하는 공간을 소리와 나누었던 은율이. 크고 온전한 사랑이 있었기에 할 수 있었던 이야기가 아니었을까 생각합니다. 여담으로, 소리에는 저의 불안정한 자아가 많이 반영되어 있고, 은율이의 보다 성숙한 자아가 반영되어 있습니다. 그래서인지 온전하고 따뜻한 사랑의 말은 은율이에게서 많이 찾아볼 수 있었던 것 같습니다. 소리에게서는 서툰 사랑의 말을 찾을 수 있었고요.

A3. **최혜연** : "동물 보호는 동물 앞에 무릎 꿇고 눈높이를 맞춰 불편한 진실을 있는 그대로 보는 것에서 시작되는 것, 환경보호는 익숙함과 편리함에서 자발적으로 벗어나 어색하고 불편한 일들에 적응해야 하는 것이라고 생각한다. 하지만 진정 사람의 존엄성을 지키기 위한, 현재 살아가고 있는 삶의 터전을 지키기 위한 일이라면 충분히 가치 있는 일이지 않을까? 그리고 우리는 지구라는 아파트의 한 주민이지 않은가. 사람들만 살고 있는 건 아니니까."

한 구절이라고 하기엔 한 문단을 끌어오기는 했지만 …… 글 전체에 녹아든 주제를 꾹꾹 눌러 모은 문단이에요! 가장 전하고 싶었던 말이라고도 할 수 있어요.

A4. **이고원** : "나는 내가 직접 글을 쓸 수 있기만 하면 되어서 인황 님의 말에 얼른 고개를 끄덕였다."

온유가 글을 쓸 수만 있다면 무엇이든지 상관없다고 이야기하기에 온유가 글쓰기에 대한 사랑을 보여주는 구절이라 생각하기 때문이다.